U0565674

写心

马国兴 著

河南文艺出版社
·郑州·

编委会

EX LIBRIS
MAGUOXING

你的眼睛

解救了书页的囚徒

白色解救了白色

黑解救了黑

目　　录

流年册

成长课

升学记

履痕录

人物志

写心

书影说

流年册

卖 菜 记

　　起初，菜是不必卖的，也没得卖。每家每户田里种着菜，好像只是为了自给自足，也好像总不够吃。后来的什么时候，大家都振作了精神，也丰富了田园。人们渐渐发现，菜园还是那么大，怎么这菜总是吃不完呢？扔掉？喂猪？想来想去，只有将菜拉到外面卖掉，换两个钱还可以贴补家用。大家伙儿便用那锄地的粗手，捡拾起杆秤，经营起春种秋收之外的生活。

　　我是在这个变化中成长起来的。现在我闭上眼，还可以感受到骡车在崎岖不平的道路上的颠簸，清晰地看到似黑似蓝的天幕上的晨星。那时我也就十来岁，大哥是县里卫校的住校生，二哥远去新疆当了兵，每到周末，爷爷总是带我去卖菜。天不明我就被家人从床上拽起来，又扔到架子车上，和黄瓜西红柿一起上路。清冷的晨风和着爷爷"嘚儿——驾！"的喊声，给了少年的我最深刻的记忆。

　　几年后，二哥复员回家，卖菜的重任便落到了他的头上。

节假日，我也会跟他一起去，有时骑自行车，有时驾骡车。主要是游村卖。北邦的村子厂多人多，没什么地，米面果蔬都要钱买，那是我们的目的地。也是一大早就起来，一路上说说笑笑就到了。主要是二哥说我听。他要我好好读书，不要像他一样。他说："妈以前总对咱们说，不好好学习，将来就等着跟着拖拉机拾大粪吧！你说，将来犁地拉车都用不着牲口了，你这个拾大粪的跟着拖拉机，它又不会拉大粪，你还有出路吗？以前我总是把妈的话当耳旁风，现在才真正理解了。"听了二哥的话，我似懂非懂，只是坚定了长大不当拾大粪的这个念头。

在部队，二哥就是驾驶员，回来一时找不到合适的工作，便待在家里。家人怕他荒废了技术，筹钱买了辆机动三轮车让他开着。再卖菜，土枪换炮，二哥驾驶着三轮车，好似一个威风凛凛的将军。不久，为我家鞠躬尽瘁多年的老骡被牵到交易市场上卖了。全家人真是舍不得它啊。这时我才发现，村里的人家大都添置了机动三轮车，有几家还喂着牲口，但主要不是代人出力，而是为了将来变卖换钱。

有了三轮车，种的菜不够卖了。二哥就和家人商量，扩大了菜园的面积。此时，村里有的人家已不再种一粒麦子了，田里都是青的红的紫的蔬菜。我按部就班地读书，离家乡越来越远。每次回家，听二哥眉飞色舞地描述卖菜的经历和收入，我这个纯消费者总是心驰神往又心生愧疚。又一次和二哥卖菜的路上，听二哥说，自己种自己卖赚不了什么钱，没什么意思，下一步他准备倒菜到省城，挣个地区差价。我笑着说：
"拾不了大粪，卖菜也挺好的。"他瞪了我一眼，说："你还是
少想这些乱七八糟的东西，多操心学习，你不是卖菜的料！"

　　卖完菜，我们哥俩把车停在路边，就着村渠里的水洗脸。
二哥问我："知道这水是从哪里来的不？"我说："不就是从
地下抽出来的嘛！"二哥说："不对，这水是从青天河水库里
放出来的，可惜这儿没什么地，只是用来浆洗东西。"青天河
水库我是知道的，它截住源自山西的丹河水，只放很少一部
分水过闸，那些水奔流而下，注入沁河，沁河水蜿蜒前进，
汇入黄河，九曲黄河浩浩荡荡，融入于海融入于洋。

　　想到这里，我呆呆地立着，说不出话来。

2000年3月26日

食　春　记

春天也是可以吃的。

说起来，春天倒是个青黄不接的时节，是乡下人最难熬的一段日子。"人上十口，一天一斗"，粮仓在迅速地减空，而新粮仍是田里青青的麦苗，是过于遥远的希望。如果前一年年景不好，粮食非得精打细算不可，由不得你山吃海喝的。

菜，就更不用说了。黄瓜、西红柿、茄子之类，刚刚生长出慵懒的绿叶，还照顾不到人的胃口。小时候的餐桌上，可吃的，也不过是上一年的萝卜腌制而成的咸菜，一日三餐，单调无味。似乎也只能这么着了。

好在，大自然是慷慨的，或者说，办法总比困难多，只要动脑筋，还真有不少东西能入口爽心。春天，首先来到人们身边的，是榆钱。榆钱便是榆树的花，可以吃的花。我们这些小屁孩，领得大人的命令，猴子似的蹿上榆树，攀枝，将榆钱撸了，装到围在腰间的布口袋里。太多的时候，我们迫不及待，先将榆钱装进了嘴巴，顾不得树下大人要我们小心

　　　　　　　　　　　　　　　写心

的提醒。采下来的榆钱，经过淘洗，晾干，拌了面，上笼蒸熟，便是一道不错的美食。于是，初春的每一个傍晚，故乡便被这样一种幸福的香气所笼罩，让人痴醉其中。

榆钱也只是花，没过多久，便枯黄欲落了。一阵风起，吹散了人们的一种口福。还好，这时候香椿树冒出了嫩叶，叫人垂涎欲滴。大家将铁钩捆绑在长竹竿上，站在地上钩枝采叶。香椿叶的吃法很多，拌豆腐、炒鸡蛋，香椿叶绝对不是可有可无的角色，它会让家常小菜的色香味提升不止一个档次。为了更长久地留住一道菜，家人还要把香椿叶腌一下。陶罐里，铺一层香椿叶，洒一层盐，然后再铺一层香椿叶，如是三番，再将陶罐封严，不日即可享用。

是四月末五月初吧，贪玩的我们某时某刻会被一阵阵清香打醒，一抬头：槐花开了！春风摇荡着槐花，槐花恰似一串串风铃，风铃在我们心间响起清脆的声音。又有好吃的了。槐花也是生吃熟吃两相宜。和榆树不同的是，槐树枝上有刺，采摘时难免扎了手，这时嚼上一口槐花，是慰劳也是复仇，与生吃榆钱有了不同的意义。

在小孩子的眼里，就这么玩玩闹闹的，并不贫乏的春天渐行渐远了。眼瞅着麦子拔节扬花抽穗，蔬菜也纷纷挂果结实，家人紧锁的眉头渐渐舒展——不必等到秋天，餐桌上又将是丰富多元的了。

如今的故乡，已经很少有人再吃榆钱。蒸熟的槐花端上桌来，小孩子大都懒得动手。也只有香椿炒鸡蛋下得快，不过我看还是意在鸡蛋多一些。还有谁家会腌萝卜和香椿叶子呢？上一年的粮食可着劲吃，也是能和夏收的新粮接上的。地里有大棚，一年四季蔬菜不断，没有种菜的，尽可以花钱享用。

物资匮乏的阴影似乎远去了。不过，依我的观察，那个时代的影响早已渗透进了我们的生活，只是我们不易察觉罢了。我的家人十之七八都有高血压，老爸便疑心是老妈炒菜放盐过多所致。我想到的是，在不远的那个时代，大家炒菜皆是如此，菜咸了，人们便少吃了菜，多下了饭。十几年前，很多人批评旧版《现代汉语词典》，言及许多词条爱拿"可食用"说事，不符合环保、和谐的现代理念云云——照我理解，这便是两个时代的隔膜……

你说呢？

2006年4月8日

写心

训禽记

　　若是院子里只有大人小孩来往，未免寂寞，总得喂点鸡呀什么的。这当然只是一种浪漫的说法，村人养禽喂畜，更多的是取其实用。鸡鸭鹅的肉和蛋，可在待客时做拿得出手的菜，而狗分明是院落的另一道门户，猫则是一个流动的捕鼠夹子，牛呢，简直就是一个不会说话的劳力……

　　小时候的我，有一个流传颇广的外号，叫"鸭司令"。每次上学，我总是捡拾一根木棍，打开圈门，赶着鸭子一路前行。学校外面有条河，我把鸭子安顿好，再转身奔向教室。放学后，我卷了裤腿，脱掉鞋子跳下河，在泥水中摸索，怕有鸭子把蛋下到河里。摸到鸭蛋，清洗干净，放进书包，我再次扬棍，将鸭子赶回家。很多次，回到家翻检书包，却发现里面成了一锅粥——鸭蛋破了。

　　我最不喜欢下雨了。鸭子似乎在雨雾中迷失了方向，任凭我怎么指挥，都不肯游动一步。更糟的是，有时候鸭子四散乱窜，我总是顾了这头乱了那头，气得不行。从学校到家只有几百米，却成了我这一生最漫长而艰难的一段行走。唉，"司令"难当啊。

太阳落山，炊烟升起。一只叫春的猫，或是一只下蛋的鸡没有回来，家里便少了一个成员，叫人寝食难安。女主人走出家门，走街串户去找，或者扯开嗓子广而告之："谁见俺家的鸡哩——"村子不大，村人那时还没有电视可看，大都能清晰或隐约地听见她的喊声。刚开始的语气是舒缓的，饱含期待和感恩。喊了半天没有结果，女主人便多心了，脑子迅速转了起来，搜寻平日里有过节的人家，站在他家门外喊："谁要是藏了俺家的鸡，叫他家的鸡都不会下蛋，都得鸡瘟死喽！"语气紧张，满是愤怒。晚餐是对劳累一天圆满的缩结，可这喊叫不亚于在汤碗里丢了一摊鸡屎，自认清白的这家人气不过，难免出来辩白，一来二往，口角翻出来旧账，那只鸡倒成次要的了。这时总会有人围观、劝架，或者看热闹。村人终于有了一次很好的娱乐。

我家养鹅，这是别家没有的。鹅其实是狗，有生人来，鹅"嘎嘎"地叫，追着来人的脚，直到人跳进屋里，它还叫个不停，向主人请功。家人总是向来人赔不是，对鹅佯装训斥，往远处撒把玉米，封住鹅的嘴巴。鹅一公一母，每次被训得最重的，是公鹅。我喜爱公鹅的忠诚，但有时又十分讨厌它——这家伙不时蹿上瘦弱母鹅的背，展开双翅保持平衡，然后……我要是撞上了，总会随手操起个东西，强行将它赶下去。大人见到我的举动，笑着对我说："你不想吃鹅蛋了？"这和我吃不吃鹅蛋有什么关系？他们又不说，他们的微笑神秘极了。

后来，公鹅死了。母鹅太柔弱，好几次对生人的到来都没有反应，我便怀念起警觉的公鹅来。家人取了一个鹅蛋，拿到孵化场，不久又给我抱回一只小公鹅。小公鹅一天天长大，和老公鹅一样，司职看家护院，尽职尽责。然而，问题又出现了，有一天，这个小家伙也爬上了母鹅的身子——我怒火中烧，上去握紧它的脖子，狠狠地把它甩了出去！小公鹅的叫声引出了疑惑的家人。我哭喊道："母鹅可是小公鹅的妈妈呀！"

若说孤单，莫过于故乡的家人。要说爷爷也是儿孙满堂的，不过也只是过年过节，大家才会聚在一起，凑些热闹。平时我们或工作或上学，老家的院落便成了空巢。鸡鸭鹅是不养了，要吃肉蛋，尽可以花钱来买。前不久，大猪变卖后，家人并没如常买来猪崽。妈妈说："我们都老了，喂不动了。"于是，剩饭菜和刷锅水便无处可去了，一个小小的食物链便断了一环。

故乡的这个院子，不再有我的童年。如此清静，又如此落寞。

2006年5月5日

消逝的事物

自给自足的时代，田里是丰富的。小麦和玉米自然不必说，除此之外，每家每户似乎都种着西瓜、花生、红薯、棉花、烟叶之类，也不是太多，没有拿来换钱的意思，只为自家享用。如今想来，各家田里都弄得跟农作物博览园似的，这也是没有办法的事，那时候，你就是有钱，有心去买这些东西，也没有人有多余的东西卖给你。只好自己种了。我清晰地记得，我家原本是不种西瓜的，夏天到了，只有靠街坊邻居送的两个解解馋。看着我们馋而未解的眼神，爷爷一拍桌子："明年，咱们也种西瓜！"

比田里作物更丰富的，是我的童年。单说红薯。秋熟时节，翻挖出来的红薯一下子是吃不完的，还需窖藏起来慢慢消受。我家门外有条河，河内有土堤，家人在堤上深挖一口窖，藏些冬天的食物，窖口用废弃的石磨盘压住。每次要取用什么东西了，总是年龄最小的我下去。移开石磨盘，先点火探下去，火不灭，说明里面不缺氧，人在其中并无大碍。随后，我被绳子系住腰，和篮子一起下到窖里，装了红薯什么的，再上得地面来。这活儿说轻松也不轻松，我有时会撞见冬眠的蛇，或者偷吃的鼠，先尿了裤子，匆匆上来，得半天心神不定。是隆冬时节吧，地气渐暖，窖里的红薯开始腐烂或发芽，我们将其全部清出，削皮、粉碎、打浆，少部分熬成红薯粉，可以冲茶喝，更多的，做成粉条，晾干，留着过年炖菜吃。

不断读书的我，渐渐远离了故乡，作别了童年。故乡田地里的作物，渐渐变得单调。故乡的人大都选择了经济作物，目的倒也明确，就是为了卖钱。于是，农药、化肥轮番上阵，连应运而生的催熟剂都派上了用场。有了收入后，也可以在市场上买来自己早已不种的瓜果，我曾经尝过，怎么也抵不上原来的味道了，感觉全变了。

当然，田里的作物再减少，小麦和玉米总还是有的，但是，收种的方式已有了很大的改变。起初，秋收的玉米运回家院，我们是先撕了大半的玉米皮，再用余下的皮将玉米棒一一辫结，悬挂于屋檐下，或者树杈上。入冬以后，几经晾晒的玉米完全干透了，我们把它们先后解下，开始白天黑夜地剥玉米。捉住一个玉米棒，先用锥子穿出几道沟沟，再用手剥。一冬下来，每个人的手都生疼。玉米入仓后，玉米芯还不能扔，有人收的，不远处就有糠醛加工厂。如今，一切都简单了，将玉米棒完全去了皮，倒入脱粒机即可，一冬的活儿，一日可就。

还有小麦。收割机的出现，让镰刀和草帽歇着了，麦场也淡出了人们的生活。那时，村里划定一块麦场地，作为脱粒的场所。脱粒的方法，原先是牲口甚至人拉着石碾来碾，其后是用脱粒机提高效率。小麦入仓后，麦场可不能闲着，犁耙之后，还得种上蒜。来年五月，麦要熟了，蒜也差不多了，忙挖出蒜来，将地碾平碾实，迎接小麦的到来——如此，周而复始。我曾在一首叫《五月》的诗中写道："麦场也是磁场 / 无论我在哪里 / 心总是朝着这个方向。"如今，麦场早已不见了，石碾、木杈、木锨等农具仿佛一夜之间逃出了农人的视野。将来如果没有一个农具博物馆，任凭老人们如何解释，后代对此也是毫无概念的，更别提什么感情了。

消逝的事物在前，背景是时代的悄然转换，和农民生存方式的改变；消逝的事物在前，其后是一批批农民在土地上"消逝"。从繁杂的农事中解脱出来，他们又在不同的城镇上劳作，同样付之以汗水甚至血泪，收获宽裕的生活，或者一无所获。这是一方新的田地，依然纵横交错，像极了这个社会，和每一个人的一生。

2005年7月31日

阅读故乡

故乡无疑是一部大书，那些流传甚久的言语便是一条条索引。

我的故乡在豫西北的博爱县，古为怀庆府属地。这里的民间言语是鲜活的，就说对时间的表述，"清起儿""晌午""微黑儿""黑来儿"，是不是要比"早晨""中午""傍晚""晚上"更有生活气息？"涂帽儿"和"（铅笔上的）橡皮"哪个更形象有趣？还有农民对自己生存状态的刻画，"修理地球"是戏谑，"给土坷垃挡阴凉"是自嘲。相比之下，"面朝黄土背朝天"太俗，"用锄头在大地上书写诗行"又太酸了。

中学时，我对故乡的民间言语有了兴趣，专门买来一个笔记本，捕捉稍纵即逝的口头语，并试图用文字将其固定下来。然而，收集整理的过程中，我不时感觉文字的苍白无力，不少言语无法转化为方块字。即使勉为其难地找到一个词语，也没了原来的灵气。

更可惜的是，即便记录下凝结数代人经验与教训的话语，当年的我也未必理解这些话，即便理解也未必依之行事。就像儿时非要往水坑里跳，全然不顾大人善意的说教，总是在走了许多弯路，碰得头破血流之后，才领悟到这些话的真谛。或许，这就是成长的代价吧。"活儿，活儿，都是活的"，是说应势而变，不可死板；"要想公道，打打颠倒"，讲求换位思考，处事方有分寸；"没事儿不惹事儿，有事儿不怕事儿"，此言一出，八成是有事儿临头，唯需稳住阵脚，不推不逃，直面正视，勇于担当——你或许看出来了，它们的共同点是给你另一个思路，而顺之前行，往往是宽广的天地。

民间言语，原作者多不可考，但我总会记住第一个对我说这话的人，甚至当时的场景也历历在目。"迷信迷信，你迷它就信，不迷它就不信"，爸爸拆解"迷信"，让当年的我耳目一新。"扫地扫旮旯儿，洗脸洗鼻凹儿"出自妈妈之口，说的是行事要认真，追求细节完美。这话不难理解，难的是执行；话里的事也不难做到，难的是一以贯之，并推而广之。如今，每每心生敷衍之时，她的话总是会及时在耳边响起，让我不敢怠慢。

让我受益最多的，还是爷爷的话。爷爷在村里做了一辈子会计，几十年下来，练就一支好毛笔，也养成了有条理的生活习惯：家里常联系的电话号码，他用毛笔抄于硬纸板上，置于电话边；每次要去赶集前，他必记下要买的东西，随身带着，以便参照；很长一段时间，他为我们家设立了一个账本，记录家庭的收支情况……爷爷说："好记性不如赖笔头。"童年的我，在年前蒸馍煮肉炸丸子时负责烧火。这活儿说简单也不简单，起初，我往灶里塞满柴火，弄得黑烟乱窜，灶里没火，自己心里尽是火。爷爷见状，上前抽出部分柴火，一番整理，火苗蹦出，越来越旺。爷爷说，"人心要实，火心要虚"，空气进不去，火怎么出得来？"家有一老，如有一宝"，信然。

要说农民深爱自己所从事的行业，我表示怀疑。从教育后代的言语里，我听出了无奈，他们无力改变自己的命运，却都想让子女走出农村这片天地。自然，那些言语不空不虚，乡土味十足，亲切实用，比如"不好好学习，将来就等着给土坷垃挡阴凉吧"。来自农村的学生，大都有烈日下劳作的经历，其中滋味自不必言，再听此言，只应暗生上进之心，至于后来的效果，需另当别论。我小的时候，农业机械化已是大势所趋，许多机器已介入生产，受其影响，家长训诫的话也与时俱进："不好好学习，将来就等着跟着拖拉机拾大粪吧！"拿机器说理的，还有"不懂机器胡膏油，机器翻了砸你头"，"膏"在这里念四声，是动词"抹"之意。这话是告诫孩子不要不懂装懂，而要努力学习，否则将来后悔都来不及。

当然，广为流传的是"小孩儿家哪有腰"。看到我发布的故乡言语，各地读友对这句话分外青睐。有人读出了年龄歧视，认为这也是一种童年阴影；有人贡献了自己领教的版本，"八十三岁才长腰芽儿，你一个小屁孩儿，哪儿来的腰"；有人补充了这句话，"小孩子家没有腰，那叫'中间'"，也是从一位农民那里听来的，意为小孩子还没有长好腰部肌肉，没有力量，在他们看来，腰是出力的部位；有人提供了相关的话语，"细儿无腰，壮士无脖"，小孩子腰身上下一般粗细，因此显不出腰来，而壮士魁梧，脖子和头颅差不多粗细，因此显不出脖子来；有人分享了当地老人的解释，"腰"与"夭"同音，不吉利，所以不让小孩说这个字。诸种说法让我大开眼界，不过在自己的成长语境里，大人说这句话，往往是挖苦孩子想偷懒，因为随后还有这么一句："不好好学习，将来得成天这么干！"

我们的眼睛耳朵乃至心灵，似乎都有一个开关，在未开启之前，我们熟视无睹充耳不闻麻木不仁，而开启之后，生活顿然丰富多彩起来：没有孩子时，你几乎看不到孩子；等到有了孩子，你会发现满大街都是孩子，书店里尽是育儿的书，而过来人关于孩子的营养和培育的议论，也不再是无聊的闲话，反而成了难得的忠告。经由生育孩子，我得以见识故乡的婚育谚语与习俗，读后感叹不已。

故乡的婚俗十分可爱，比如往新被子里塞些砖头瓦块和花生大枣，寓意含蓄，盼望着新人早生贵子，而"砖头是小儿，瓦块是妞儿"，和"弄璋""弄瓦"比较，更具乡土气。婚后，我与爱人相约过两年再要孩子。父母不以为然，每次见面，或者通电话，都苦口婆心地劝我俩放弃"计划"，说是"有苗不愁长"，趁着他们的老胳膊老腿还能动弹，可以给我们照看孩子，不会耽误我们工作的。这话听得多了，每次回家我都近乡情更怯，平时也疏于和家人联系。某日，岳母帮我们拆洗结婚时的被子，发现里面有两个棉絮做成的小人儿，一男一女，由红色棉线系结。我再次体会到家人的良苦用心，胸中如一块海绵吸饱了水，沉甸甸的。

在爱人将生而未生儿子时，家人说"婆婆瞧，孩儿掉"，要不请亲家母来吧。我们那儿将外婆唤作"婆婆"（将普通话语境里的婆婆单唤一个"婆"字），说是孩子没见外婆来看望便不肯出来。真神了。怕是孩子的妈不习惯婆家的环境，盼着亲妈来，心里提着劲儿？后来，儿子是在我爸工作的卫生院出生的，顺产，七斤二两。过去在医疗技术不发达的乡村，生孩子是个风险极高的事儿。在这儿，妇女付出的更多，除操持家务之外，还要忙地里的活计，即便生产在望，仍然耕作不辍，如果感觉肚疼，再急忙往家里赶，免得有什么意外。那时都是在家里摆阵，请接生婆用土办法接生的，顺产者当然不少，可因此弄得母子难保的也屈指难数。"人生人，吓死人"，此言并不夸张。

相比"有苗不愁长"的无为洒脱，"三冬三夏，才叫娃娃"才道出了生活真实的一面，其中甘苦，非丁克族所能体会。故乡还有一句话，"孩儿笑，头发掉"，意思是孩子会笑时，孩子的妈就该掉头发了，二者并列出现，却是因果关系。家人训导说，有了孩子，晚上就不要做客访友，免得在外面带回来乌七八糟的东西，惹得孩子啼哭不止；如果非要出访，也要在进院前跺跺脚或撒泡尿，将那东西吓走。我可以确定这是迷信之举，不过想想孩子的妈在家带孩子的辛苦，咱还是别出门玩了。

时隔多年，远离故乡的我，经由言语的索引，渐渐读懂了故乡。

2011年8月17日

写心

爷爷语录及学习体会

"小孩儿家哪有腰？"

故乡的学校，每年有四个假期，寒暑假之外，还有麦假和秋假，为的就是在收获的季节，让学生帮家里人干点力所能及的活儿。当然，那时学校的老师都是农民，都是家里的壮劳力，假期也是照顾到这一点才设的。

收秋还好说，割麦是最难受的。头上骄阳流火，脚下地气蒸人，无数次弯腰低头，让人腰酸背疼头晕目眩。童年的我，每到这时，总是磨磨蹭蹭，心不在焉，有一次甚至割破了左手的食指，被爸爸带去医院缝了一针，得以片刻的休息。更多的时候，我扔了镰刀，挺直腰，又揉又捶，见家人过来，故意大声喊："哎哟，腰疼。"爷爷总是笑笑，并不顺着我的心思，反而说："小孩儿家哪有腰？"我就不明白了，小孩儿家怎么就没有腰？难道大人的腰是在成人时谁给安上的？

有一个小孩儿，将镰刀别在自己的腰间，对大人说："我的镰刀没影了。"大人说："那不是在你的腰上吗？"他问："小孩儿家不是没有腰吗？"大人说："不好好学习，将来得成天这么干！"

多年以后，我拥有了一副腰板，在另一方田园挥镰收割。每到麦收季节，左手食指那早已愈合的伤口都隐隐作痛。

"饥不洗澡，饱不剃头"

"有钱没钱，剃头过年。"剃头之外，自然还有洗澡——在农村，每逢年终岁尾，理发、洗澡就成了仪式性极强的事儿。过年嘛，一切都应是干净新鲜的，至少也该对得起那身新衣裳啊。理发还好说，村里的剃头师傅就可以对付，洗澡就得到城里浴池解决了——寒冬腊月比不得酷暑三伏，在家冲凉就免了吧。

村子在博爱，不过距离沁阳城更近，蹚过丹河与沁河就到了，所以那儿往往成为家乡人的目的地。沁阳城农历逢五有庙会，尤以腊月二十五最为热闹，人们要赶在新年之前置办年货，当然，还有洗澡。小的时候，我都是跟着爷爷去沁阳城，洗澡、采购生活必需品……洗澡之前，爷爷总会问我"饥不饥"，而我总会回答"有点饥"，于是我们就走到小吃摊前，要一碗汤圆或者肉丸来吃。一边吃，爷爷一边说，"饥不洗澡，饱不剃头"，肚饥去洗澡，会晕的。我边吃边点头，心想，这话说得真好，给自己提供了个难得的品尝"美食"的机会，我要是知道是谁创造的，非请他吃一碗汤圆或者肉丸不可。嘻嘻嘻嘻……

"一黄二黄，饿脸干黄"

在上一则，我记述了小时候和爷爷去洗澡的经历，并转引了爷爷的见解："肚饥去洗澡，会晕的。"朋友读后，提出疑问："饥不洗澡"可以理解，"饱不剃头"何解？当时我也不清楚，只好存疑。过年回家，问了爷爷，原来，吃得太饱去洗头剃头，弯腰低头很难受，那时洗头可不像现在可以仰躺，故言"饱不剃头"。哦，我又长知识了。想想自己原来只是满足于前者的符合语境，对后者不求甚解，脸不禁发烧。

爷爷还为我提供了一句话："一黄二黄，饿脸干黄。"这说的是在不远的过去，青黄不接的春天，乡下人去地里转上一圈，麦子青里透黄。隔两天再去，麦子黄中带青。其生长速度远远赶不上人们的胃口，乡下人又愁又饿，脸色干黄。爷爷说，当时地主家余粮多，可以放账，但是借来一斗，粮食下来得还回五斗。一些人家不愿去借，于是等不得麦子全熟，就收割脱粒，炒熟后上磨——由于水分太大，出来的面凝结成团，被乡下人称作"捻馔"（音译）——迫不及待地吃进肚里。这东西不易消化，不少人因为吃多了而送了性命。如此说来，那时饥而洗澡是常态，饱而剃头倒是一种奢侈了。

"高高山上纸灯笼，外头光亮里头空"

  爷爷在大队做了三十多年的会计，自始至终清正廉洁。然而在许多人看来，会计这个职位很"肥"，常在河边走，哪有不湿鞋的？有的人在暗地里泛酸，有的人则旁敲侧击地问爷爷："万哥，听说你家存款有好几万？"爷爷知道对方的心思，笑笑："有，我们家有两万。"那时还没有"万元户"这个词，而且低调是农民的基本选择，你完全可以想象问话者吃惊的表情。爷爷先后指着天空和大地，说："在太阳底下有'两万'——我是'一万'，影子又是'一万'。不过，在阴凉地里就只剩下'一万'了。"爷爷的小名就叫"万"，以此解题，十足幽默。爷爷接着自嘲："我们家呀，就是'高高山上纸灯笼，外头光亮里头空'。"

  直接问人家的存款数额，看起来是挺不礼貌的，不过我现在想来，那或许只是熟人之间无聊时的逗趣。后来，村里人的问话也有了升级版本："老马，听说你在郑州存有十来万？"问话者更年轻了，话里的存款数额也随着生活水平的改善，水涨船高起来，存款处也具体为百里之外的省会。当时的郑州对爷爷来说，还是一个遥远而陌生的所在，用他的话说，"连郑州门朝哪儿都不知道"。十几年过去了，我到郑州求学，毕业后留在这儿工作。某日，爸爸来信，转述爷爷的话，说是先前村里人的戏言应验在我身上了。爷爷说，假如有谁再问他，他会自豪地说："我在郑州的确存有东西，但不是钱，而是三

孙国兴。人是世界上最宝贵的，价值何止十万；有了人就有
了一切，挣个十万八万又有何难？"

已经没有人再问他了。其时，他已退休多年，而谁家又
没有个几万元的存款呢？其后又数年，我在郑州买了套房子，
化了八万元，加上各种税费和装修支出，一共十万元左右。

"国家没咱衣饭"

小时候我对爷爷是又崇敬又怨恨。崇敬是因为我在一本
书里，居然看到了爷爷的名字。说起来，那本"书"不过是
一个内部资料，叫《博爱地名考》。其中提及1950年代，时任
村里会计的爷爷，提议将村名由"季村"改为"际村"——
原村名因居民全姓季而来，但当时季姓人家已先后迁出，名
不副实。我那时对字纸无限敬畏，名字进入书里的人，对我
来说近乎神。至于怨恨嘛，常常出现于爷爷历数往事后。爷
爷年轻时主动放弃了许多上进的机会，原因是我爸小时候体
质弱，"提起来一条，放下去一堆"，他舍不得。而经由他推
荐代替自己的人，后来都官居要职，名耀一方。每念及此，
爷爷总是轻声叹息，说："国家没咱衣饭啊。"

经历了一些风雨，我对命运与际遇有了更深的认识，再
也不会浅薄地看待人生。那句话是爷爷后半生的手杖，我不
会去夺走扔掉。

"人心要实，火心要虚"

爷爷走了。

爷爷马作生，生于1924年1月23日（农历腊月十八），故于2010年3月2日（农历正月十七），享年八十七岁。

爷爷的去世，是我们家的巨大损失。就我个人而言，从此以后，只能通过爷爷留下的只言片语，来回味他的音容笑貌了。而我那采访爷爷整理其回忆录的计划，久拖未行，要成为自己终生的遗憾了。我全程参与了爷爷的葬礼，并用相机记录了其方方面面。其间，爷爷的话语纷纷浮现于脑海。我融入爷爷的教诲，为他写了一份悼词。在念给家人征求意见时，自己忍不住泪流满面。且抄两段：

"马老先生一生俭朴，在扶持子孙的成长上却毫不吝啬。除了在经济上积极支持，他还在生活中以生动形象的语言教育晚辈。他说，'人心要实，火心要虚'，教育子孙要做一个实实在在、讲求诚信的人；他说，'好记性不如赖笔头'，并以身作则，引领后代做事要有计划讲方法，以免走弯路；他说，'要想公道，打打颠倒'，训导晚辈要换位思考，理性为人处事……

"马老先生的一生，是平凡的一生。他育有一子一女，又有一孙女三孙，再有五曾孙，儿孙满堂皆孝敬，是为福；他勤俭持家，精于育人，留下无价的精神财富，子孙走正道，家境殷实，是为禄；他早年颠沛流离，壮年兢兢业业，晚年安享太平，八十七岁无疾而终，是为寿——福禄寿三全，马老先生的一生，又是不寻常的一生。"

"活着给点吃，死了不'告七'"

此语告诫世人，真正的孝敬，是生前的奉养，而非死后的铺张。这是行孝的民间辩证法，类似的话，还有"老人活着端碗饭，死了再哭也枉然"。"告七"是指在先人故去后逢"七"的日子，后代所进行的祭奠活动。自然，"活着给点吃"只是行孝的基本要求，因此而"死了不'告七'"，也是不近人情的。

按妈妈的说法，爷爷无病无灾，是因各项器官一一老化而去世的，犹如一个煤火炉续不上新煤，渐渐乏灭。进入2010年，爷爷的精气神明显委顿，虽然在外孙结婚和自己生日当天还比较精神，但那似乎是往日的累积和来日的预支，打那儿以后，身体状况一天不如一天。爷爷生活完全不能自理的日子屈指可数。尽管行动不便，爷爷的头脑始终是清醒的。"死去元知万事空"。爷爷对晚辈的孝敬很知足，甚至说过他死后即便子孙用凉席卷着他下葬他也甘心了。爷爷对家人说："照顾我一天又不是能多拿一天工资，照顾我怎地道干啥哩？"爷爷对我说："国兴照顾我三晚上了，尽完孝了，放心回郑州吧，甭忧我。"

过年前，爷爷一直念叨，说是自己寿日不多了，也就是十天八天，最多二十天了——二十多天后，2010年3月2日晚上十点，爷爷走了，那天是农历正月十七，新年刚过。3月6日，爷爷的遗体火化。3月7日，爷爷入土为安。

同年3月5日，爷爷的曾外孙出世。

如此，生生不息。

2010年3月13日

故乡流言

现实中我的故乡，在豫西北的博爱县。观其名，可知其历史之短（1927年设县），甚至还没有我爷爷年长。博爱县背靠太行山，被源于山西的沁河与丹河围绕，古为怀庆府属地。怀庆府地界，曾有怀梆流行，还有"四大怀药"（怀山药、怀地黄、怀牛膝、怀菊花）济民，更有一些特有的言语代代相传，我采撷了一些，融入童年的经历和感受，是为《故乡流言》。

《故乡流言》的写作，试图铺排一条道路，通往我的心灵故乡。心灵故乡是超越于现实故乡的存在，我相信，一定意义上，这些言语也凝聚了一代人的共同记忆和感怀。这是我的心灵世界，或许，也是你的。如果在阅读的某时某段，你忽地怦然心动，我可以肯定地说，你在文字里读的不仅仅是我，也是你自己。

"你的尾巴咋恁长？"

儿时乡村的教室，冬天是没有暖气的，空调更是一个遥远的冷词，取暖的方法，不过是用白纸糊了窗户，再就是关紧门户。我对那时最深刻的记忆就是一个字：冷。但身为学生，不能一直抄着手，总还得执笔写字。每到冬天，我的手指就成了胡萝卜，又红又肿，奇痒难耐，一点也感受不到冬天的诗意，而用热水泡手泡脚，是我每晚必修的功课。如是，便可以想见坐在门口的同学的感受了，每每有人进出没有随手关紧门，总会得到这么一句话："你的尾巴咋恁长？"

揶揄之意不言自明。从另一个角度看，这也是幽默，而民间不乏此类妙语。小儿跌倒，正要撒娇放声，大人并不搀扶，抛下一句："哟，又拾钱了。"不理解的，难免起来辩白，分散了注意力；理解的，往往破涕为笑。孩子期待过年，兴奋于非同平常的好吃好喝好穿戴，还有诱人的压岁钱，而大人们总会变戏法似的，分发的全然不是平时那皱巴巴的纸币，而是一张张崭新的"刮鼻票"——这种称谓生动形象又俏皮，每念及此，我总是感动于儿时那简单的快乐，不能自已。

"冷冷，冷冷，小狗等等"

中午吃的是饺子。服务员端上一碗热气腾腾的饺子汤，我用筷子搅了几下，忽然搅出了妈妈的那句话："冷冷，冷冷，小狗等等。"那是妈妈在安慰儿时的我，不要着急不必哭闹，热汤或开水马上就会冷却，可以饮食了。伴着这句话，妈妈或是吹吹热汤，或是用两个杯子倒腾开水，而我这条小狗，则在一旁望眼欲穿地等候。

"狗"在这里，不是现实生活中人类忠诚的伙伴，也不是富含贬义的喻体，而只是一个俏皮的指称，一种怜爱的具象。类似的用法，还有"狗窝里搁不住剩馍"，是大人教训孩子要节俭，吃穿用度要有计划有余量。

看我以言语为支点，撬开了记忆的闸门，不少朋友献出了自己的珍藏。且录一条。"给你提供：'狗大自咬，女大自巧。'来自我妈。我小时候她从不让我做家务，邻居说她娇惯我，'看你闺女长大了咋办？'她就这样回答别人。还有一句：'三声叫不来狗，屎就自己吃了。'也是我妈说我的，意思是说我脾气急，本来是叫狗过来吃屎的，叫了三声狗还不来，自己就把屎给吃了。"不同的母亲，一样的深情，一样拿狗来戏谑作比，让人莞尔一笑之余，不胜唏嘘。

"冬至不吃扁（食），不冻耳朵就冻脸"

在故乡，饺子是唤作"扁食"的，这句话里简化为"扁"，大约只是为了押韵。冬至吃饺子是风俗，至于不吃饺子会冻耳朵冻脸之说，并无科学依据，只是一句调侃罢了。那时候大家都没什么钱，平时吃肉是一件奢侈的事，但到了年节，总还是要割点肉改善生活的，冬至嘛，饺子馅便是白萝卜掺肉了。一定意义上说，吃饺子就是吃肉。"今天吃扁食没有？'冬至不吃扁，不冻耳朵就冻脸'啊。"这话是提醒对方，过节了，别再抠门了。

大人们还将饺子戏称为"鱼"，诱发孩子的食欲。这命名和"扁食"一样，取其形象，更取其稀有，其背景是物资匮乏的时代。如今我对饺子的感觉是反胃，缘于小时候贪玩，刚吃饱就出去疯跑，受了凉。所幸饺子不再金贵，已经成为家常便饭了，否则我岂不后悔？

离开故乡很久以后，我才感觉到扁食盒的妙处。扁食盒是故乡人做饺子皮的工具，截取杯口粗的竹子一段，打磨而就。做饺子皮时，先用擀面杖将面团摊薄成皮，再取扁食盒一次次在大圆上按取小圆，小圆之间会有边角余料，团之摊薄，又得继续。儿时的我视之为好玩的游戏，争着抢着要参与。故乡也有竹子，不过都比较细，扁食盒应该产于南方，流通至此，在集市上随处可见。后来，随爱人到其家乡河南社旗，我见识了另一种做饺子皮的方法：将面团揉搓成条，再切成数小块，一一擀之而就。我提及扁食盒，他们却闻所未闻，随后我便托家人买了两个送给岳父岳母。你看，我也担当了一回文化交流的使者呢。

"反贴门神——不照脸儿"

门神的正确贴法，是两扇大门上左右各一，以脸相对，表示合力同心守护家园的意思。反贴门神就是左右对调，两个门神以背相对，像两个人生气的样子，门神意见相左不合拍，那可坏了大事儿了。

在故乡的语境里，"照脸儿"是"负责"之意，"这事儿你来照脸儿"，即你来管理此事。反过来说，"不照脸儿"就复杂了，其中有"不露面""没人负责"的意思，但我们那儿用的更多的，是指"（言行）有悖常理""傻瓜"。民间有歇后语"反贴门神——不照脸儿"，有时评价某人某事，委婉点说就是："他这个人啊，'反贴门神'。"

小的时候，每到年根儿，都是大哥带着我贴春联和门神。春联的贴法是，上联在右下联在左，自然，爷爷书写的横批也是从右至左的。贴门神时，大哥总是先关了门户，刷上糨糊，再左右相对贴上门神，然后对我说："'反贴门神——不照脸儿'，门神可不能贴反了，不然起不到作用，还让人笑话。"可如今，春联大都是印刷品，横批由左向右排印，相应的，大家也都是"左上右下"了；至于门神，在城里，谁家还有两扇门呢，秦琼、尉迟恭早已"下岗"了。

"支门事"

"支"即"支应"，取其本意，而非"敷衍"；"门事"或作"门势"，指的是迎来送往的琐事；"支门事"意味着责任的承担与情谊的延续。平时，乡里乡亲有了红白喜事，自己便需要"出手"了。每家办事，必请信得过的人记账，而那个账本的内容，是自家门事大小的体现，也成为日后对应支出的参照。"支门事"是春节的主旋律。小时候,每逢过年,走亲戚便成了我的任务,要从大年初一跑到初七初八。相应的,妈妈在家待客,也要忙活到那个时候,做饭洗刷之外,还要给来访者的小孩压岁钱。过年,绝对是民间的一次大流转:人的流转、财物的流转、情谊的流转。

相对于外地,故乡过年走亲戚的礼物较轻,我小时候不过是糖果罐头之类,与此相对应,压岁钱也只有三两块钱。后来不知从哪年开始,家乡的人流行送方便面了,身边厂子生产的"豫竹"牌方便面,十八包一箱的那种。问及原因,他们都说这东西至少能放很长时间。这个新民俗让我哭笑不得,我想这大概也是世上绝无仅有的民俗了。此时,压岁钱也水涨船高,得十块八块的样子了。由于许多亲戚家老人辞世,加上两位哥哥成家另过,大家庭的过年出访目标大大减少,而妈妈的接待任务,还是那么多,那么累。

"这就相当于咱们花钱把东西买下来了。"付了压岁钱,送走客人,妈妈将礼物提到内屋,如是感叹。

"价钱说好,秤上给够"

这说的是卖菜的事儿和理儿,当然,用在其他生意上也一样,共通的是诚信精神。小时候,我常常跟着大人卖菜,先是爷爷,后来是二哥。卖菜可不是什么好差事,起早贪黑,风吹日晒,我要喊苦的时候,往往成了大人教育我努力学习的好机会。支撑我参与卖菜的动力，除了卖菜后能在饭馆吃上一份炒面，喝一碗鸡蛋汤，再就是能见识卖菜的事理。"价钱说好，秤上给够"给我的震动就挺大，这话从二哥嘴里说出来，朴实又形象，相比之下，"诚信"就太文太概念化了。卖到最后，我为顾客挑剩下的蔬菜发愁，二哥却说："拣到了（音'聊'，意'完'）卖到了，百货对百客，不用急。"后来还真有人看上了剩下的呢。

时隔多年，我很怀念卖菜的经历，我知道，自己只是怀念逝去的少年时光。在故乡的二哥后来开了一家杂货店，比较两种生意，他不由得感叹："每卖一包方便面挣四分钱，看起来利薄，却比卖菜轻巧多了，再说，四五分一斤的菜咱也不是没卖过，还累死累活的。"

"新安茅厕三天香"

"安"就是"建造"之意。这是农民的智慧，总结的自然不只是五谷轮回之所，也有对世事的洞察。他们被谎言一次次蒙蔽，练就了怀疑的目光——这事儿莫非又是"新安茅厕三天香"，瞧瞧再说吧。

故乡的夏天，屋里难免窜进几只苍蝇。童年的我，总是拿着蝇拍与之战斗，嘴里还嘟囔："讨厌的苍蝇！"爷爷在一旁听见了，纠正道："哪里是苍蝇，是蝇！"我一下子摸不着头脑了，这有什么区别吗？爷爷解释："茅厕里的是苍蝇，屋里的是蝇。"听了爷爷的解释，我真想笑，却终于没有出声。现实中的茅厕，不出三日，已然恶臭，已然苍蝇乱飞了。茅厕中的苍蝇，自然不懂人类对自己的定位，自是不会只在一个地方待。仅仅因为同一个事物的不同处境，而将之做多样化的命名，这大概是另一种生活的智慧了。

"杀鸡杀屁股，一人一杀法"

这是话糙理不糙的又一个实例，还有更绝的，"蒸馍蘸尿，各有所好"，所表达的，无非求其和而不同的宽容。你可以读出和稀泥的无原则，也可以读出乡人面对纷争时的善意。我们总是难以接受与己相异的存在，或装束或言论或生活方式，有点权力的，必欲除之而后快。

1980年代，二哥还是一个纯消费者，某日，当他提出要买一条牛仔裤后，被家人训斥："买那东西干啥？厚得跟帆布似的，又不透气又不好洗！"多年以后，我依然难忘二哥那沮丧的样子。

"屙不出来还嫌茅道（有）毛病"

如果这句话让你反胃，我只能说声抱歉。民间语言形象生动，在于常取身边事物为喻体来说理，让人印象深刻。今日大多数农村依然没用上抽水马桶，而从农村出来的人，应该对此喻体不会陌生。这句话挺有揶揄人的味道，说的无非是不要找任何借口。前两年坊间流行一本《没有任何借口》，号称是美国西点军校的教科书，若真如此，西点军校也不过尔尔，这道理中国老农也讲得出来。后来知道这书是伪书，呵呵。

一件坏事出来，如果不从自身找原因，你总能找到不止一条客观原因，而且绝对圆满。这是个舒服的枕头，枕之入眠，梦里走了许多路，醒来还在床上。

"老牛上套屎尿多"

"老牛上套屎尿多"，现实生活中的老牛，大约的确如此，这源于人们日积月累的观察。读书须读出字里行间的真意，听话须听出言语之外的实情。这句话说出来，一定和老牛无关，人和人说的事儿，必定是人的事儿，"屎尿"也是虚晃一枪，其落脚点还是那个"多"字。集体生产的时代盛产"老牛"，或许缘于体制之病，根本原因，还是人有好逸恶劳趋利避害的本性，以致临阵消极以对。那些对此不满的人，心理失衡之余，或许也有向往之念，只是看不上"屎尿"的花招，唯剩抱怨，以彰显自己的积极。

如今时代大变，农民们起早贪黑，在自己的一亩三分地上辛勤劳作，或者离开土地，到异乡另一方田园奔波，"老牛"早已不见踪影。再说"老牛上套屎尿多"，不过是家人之间的戏谑，多用在大人看穿晚辈的把戏之时，和"小孩儿家哪有腰"

相类。"偷懒文化"无疑是丰富的，我一时想起来的，还有句"大懒使小懒，小懒不动弹"，你记得的有哪些？

"风是雨头，屁是屎头"

立冬一到，气温骤降，让人不禁再次赞叹先人的智慧。很显然，二十四节气是广泛意义上的中原人由长年观察提炼而就，对南方可能并不完全适用，而在华北，历经千年，依然有很现实的指导作用。惊蛰、清明、芒种、霜降、大雪……这些日子不仅仅提醒着人们增减衣物，也引导着人们播种收获。节气之外，许多农谚也颇为精辟，比如"早雾晴，晚雾阴""冬天麦盖三层被，来年枕着馒头睡"之类，当然，还有"风是雨头，屁是屎头"。这话说的是刮风往往是下雨的前兆，而放屁则是腹中有屎要释放的预兆——你还别嫌恶心，这话说得还真是八九不离十。

高中时，我狂热地爱上了写作，无病呻吟了一圈，自我感觉良好，放假回家，却被家人、邻居的俏皮话给打得落花流水。我便买来一本笔记本，专门收集这些言语。"蒸馍蘸尿，各有所好""风是雨头，屁是屎头""时代在进步，男人干家务"……这些言语一出，只有初中学历的二哥在我心目中的形象立马高大起来。多年以后，我翻阅了许多谚语书，也搜索了网络上的谚语，只见端庄的谚语和四平八稳的民间俗语，那无疑是经过筛选和过滤的了，而每每翻阅我的笔记本，鲜活的市井之声便扑面而来。

"老实人长远"

旧式婚姻，更多的是双方父母选择的结果。男方看似更为主动，其实不然。女方父母总是动用一切社会关系，调查男方的方方面面——家境如何？弟兄几个？有没有狐臭？这当然可以理解，毕竟是自己的心头肉啊，下半辈子得托付给可靠的人。选择标准有很多，关键得老实，"老实人长远"。我小时候非常留心家人的选择，揣摩姑母和姐姐的对象，心里想着，自己可得按着老实的模子长下去，不然大了找媳妇都难。

世事难料。不知从何时起，"老实"成了贬义词，你要说谁老实，他一定给你急，跟你骂他似的。故乡的人再找对象，男方得精明能干了。我终于长成了老实的模样，不想却落伍了，还好，我及时将自己推销了出去，要不找谁说理去？

我现在就职于杂志社，对杂志与广告的关系也有类似的感受。计划经济下，有政府托着，杂志社对广告并不用心；如今，杂志办得好，有影响力，只要愿意经营，自会有客户投放广告，文学杂志也不例外。刚刚看到有读者称赞一本杂志，说是选择它，很大原因是没有一则广告——我仿佛看到，一个老实人的脸上，留下了五指血印。

"男不在分家，女不在陪送"

比较全面的表述，是"男不在分家多少，女不在陪送多少"。小时候，我对婚姻是畏惧的，当然，我畏惧的是彩礼丰厚的习俗。每家娶个媳妇，都是遭灾一场，而且还会累及亲戚。家里孩子多的，甚至会到信用社贷款办喜事。而女方的陪送，不过是"羊毛出在羊身上"而已。过门不久，小夫妻就会提议分家，那又将是一次劫难。"男不在分家，女不在陪送"这句话有提倡新风之意，惜乎从来就没有成为主流。

刚开始时，除了现金，男方家需要准备的，不过是家具。家里必须有多少条"（家具）腿"，风俗早已做了规定，女方家也会有要求。后来，各种家用电器纷纷出来加码，又有"三金一木兰"风尚兴起——"三金"者，金耳环、金项链、金戒指也，而"木兰"是女式摩托之谓。我说的是我的故乡，其他地方，想必也不会差到哪儿去。再后来，一个个青年走出这个封闭的小圈子，新的意识逐渐生成，旧的风俗才渐渐有所松动。

"你把卖盐的都打死了？"

这是一句戏谑语。在故乡，谁要是炒菜过咸，准会招来这样的揶揄。更直白的说法是："你们这儿的盐是不是不要钱？"不过，这话只能对饭店的服务员说，要是老妈的作为，咱还是忍了吧。

家人的口味都重，老妈炒菜盐放得很多——两者谁为因谁为果，已不可考。离开故乡许多年以后，我再回老家，已然难以忍受家里菜的咸。2006年夏末，老妈因冠心病入院，最终花数万之资给放了两个支架，并被交代：饮食须低盐低脂。经此一疫，老妈的生活习惯能改变吗？我并不乐观。

"人上十口，一天一斗"

近年来，我沉醉于回忆童年与故乡，间或写些文字，记述自己的经历与感受。然而累月经年，有些事儿、有些言语已经模糊，我不得不求证于爷爷和父母。"横平竖直、点点如桃，撇撇如刀。那写捺呢？"当年教我们写毛笔字，爷爷曾有口诀辅之，多年以后，自己的回忆却出现了瓶颈，只有问当事人了。爷爷说："撇捺虽方向不一，但书写的道理却是相通的。"如此说来，写捺亦如刀了。"人上几口，一天一斗？"写作《食春记》时，忽然记起这句俗语，用在文章里或可添些形象和味道，但到底是几口人呢，我问正在劳作的妈妈。"十口。"得了答案，我转身提笔记下。

"人上十口，一天一斗"，说的是大户人家人多，消费的粮食也多。"斗"是古代一种计量单位，就粮食而言，一斗相当于现在的十余斤。当然，在这里，"十口""一斗"都是约数。《食春记》写出来后，我拿给别人看，并得意地指出这句俗语的来历。有位老兄听了我的解释，说："原来是这么个意思，还以为是说人多了每天都要打一架呢。"我不禁晕倒，你也认真看看这句俗语的上下文啊："说起来，春天倒是个青黄不接的时节，是乡下人最难熬的一段日子。'人上十口，一天一斗'，粮仓在迅速地减空，而新粮仍是田里青青的麦苗，是过于遥远的希望。如果前一年年景不好，粮食非得精打细算不可，由不得你山吃海喝的。"

"好借好还，再借不难。如果不还，全家死完！"

这话一般写在书的扉页，而儿时所谓的"书"，大多是连环画而已。那时精神食粮和物质食粮一样的贫瘠，每个人都不可能有太多书，"图书馆"在生活中还是一个冷词，互通有无倒是个不错的选择。其言恶毒至极，恐怕是经历多了有去无回，遂有此策。举凡书友，都会有些"长腿"的书去而不返，空留挂念，应该理解其言其情。

那时我借来的书上，更常见的是前半句，似乎在书上写上这句话也成了一种时髦。虽然感觉怪怪的，却还是忍不住借之读之还之。谁让咱没那么多书呢？和此言相类的，还有："扇子有风，拿在手中。朋友来借，不中不中！"你一定看出来了，这是写在纸扇上的，而言语间可见拥有者的得意。这就更显矫揉造作了，又不是书，不借也罢。

写心

"你把某某的剩饭吃了！"

别人吃剩下的饭，自然不是什么好饭，在这里，"剩饭"不是饭，而是一种习惯，坏习惯。以前的家庭，兄弟姐妹很多，学习上各有长短，大人们难免相互比较，夸优斥劣。我们总会有榜样在侧，好的坏的一应俱全，任由大人们随口道出，给孩子以镜鉴。"我看你是把某某的剩饭吃了！"言语中满是恨铁不成钢的急切。

一个人总会长大，总会明白生存的艰难和身上的责任，只是那时，学生时代的作为，好坏既定，自己也早已成了别人口中的参照物，或引以为戒或作为榜样。

"门旮旯儿棍"

门旮旯儿的棍，大约是指顶门棍，白天没事儿在门后待着，晚上人们上了门闩，再拿它顶住门，是为双保险。门旮旯儿的棍，似乎很有用，但在我们那儿，它却饱含贬义，如果你说谁是"门旮旯儿棍"，他准跟你急。这自然有一定的文化背景，故乡的语境里，"门旮旯儿棍"对应的是门外的栋梁之材，这东西在家里还有点用，出门却近乎废物。如今，城市里防盗门已取代木门，门闩早已见不到了，顶门棍更是像史前文物一样，即便在乡村，门旮旯儿棍也没有了市场，更让人嚼出此言真意了。

话说回来，生活中一个喻体消失了，空留一个语词在那儿，还真让人难以理解，要不要建立一个语词实物博物馆呢？

"俩手抬一嘴"

故乡人说的是"俩胳膊抬一嘴"，我在此稍稍改了。这描述的是一种赴宴者的状态：空手前往，就等着吃了——形象十足之余，还有委婉的批评在里面。小时候，我是各种宴席的积极参与者，无他，只为享用平时并不多见的美食。后来才知道，别人的饭可不是好吃的，哪里是"俩手抬一嘴"就行的，还需"人情"开道。

以经济学思维观察"人情账"，这是一种民间互助融资模式，属于一种自发的民间金融活动。农户想筹钱，要不借亲戚朋友的，要不借高利贷，前者容易造成贷款方的经济压力，后者会给借款方带来较大的经济负担。而"人情账"就克服了这两方面的问题，赞助的人多，因此分摊的负担并不重，还可以分期偿还，也不用支付利息。更有一个好处，拉近了人际关系，人们因为需要互相帮助，加深了感情。

"人情账"的存在需要一定的环境条件。首先，要有一个交际圈，这个圈中的人互相了解，而且流动性较低；其次，礼尚往来，如无特殊情况，有请必到；再次，对等原则，每个人都有机会成为邀请人，被邀请人则等量地回报别人的赞助。这样，游戏才能持续进行下去。"俩手抬一嘴"者，显然破坏了游戏规则，自然会受到大家的冷嘲热讽。

"多一个蛤蟆多四两气"

刚刚下过雨，泥泞的土坡上，大人在前面躬身低头，拉着一架子车玉米，我们弟兄几个在后面使劲推，可车轮就是只打滑，不往前走。这时来了一位村里人，见此情形，忙放下手里的农具，撂下一句"多一个蛤蟆多四两气"，就搭手推车，而车子也终于被推得前行了。到了平整的路段，家人停下车，回头，并不言谢，只是询问村人刚做了什么活儿，再抱怨两句鬼天气。

"多一个蛤蟆多四两气"，现实中的蛤蟆，一只大约也就四两重，这里不过是自谦之比，此言一出，民风之纯朴尽显。每每听到这句话，我总是联想到童年看过的《拔萝卜》，小兔小猴小熊小猪齐心协力，萝卜依然将出而未出，最后，还是因为有了起初大家瞧不起的小蜗牛的助力，萝卜才终于被拔出来了。

"小窟窿掏出个大螃蟹"

出村向北，走上几百米，可见一条河，唤作"南横河"，这条河将村里的田地一分为二。河水源自村西的翻花泉，四季不枯，经年不竭。我小的时候，村里的大人在河里淘菜洗衣，小孩子们嘛,则是跳入水中,捞鱼摸虾——自然,还有掏螃蟹。螃蟹并不全是待在洞里的,有时搬开一块石头,就会看见几只螃蟹举着大钳子,慌忙横行逃避,你只管捉就是了。更多的时候,折腾半天也一无所获,那就要耐心寻找螃蟹的老巢了。这是个动静结合的活儿,瞅见哪儿冒泡泡,要快速下手,或可有所得。

最让人高兴的,是小窟窿掏出个大螃蟹,不过也有风险,你的手免不了要被身在暗处的大螃蟹给夹两下。脱离这个语境,谁要说"小窟窿掏出个大螃蟹",也要具体分析,那说的不仅仅是意外之喜,更有可能是意想不到的烦恼,比如忙中添乱、欲速不达、雪上加霜、祸不单行……那样的"小窟窿",还是不碰为妙啊。

"围腰(喂呦)?还大布衫儿呢!"

我们那儿所说的围腰即围裙,因做饭时围在腰间而得名,挺形象的;大布衫儿指的是成人的外套,所含甚广,就不一一列举了。说到衣物,有一件趣事值得一记。1960年代初,姑母小的时候,家人赶集给她买了一件"兜兜"(罩衣)。那之前家人从没有见过这玩意儿,也不知道它的正确穿法,回家按成人穿衣的方法给姑母套上,却发现口袋跑到背后去了,便嘀咕,怕是做衣服的给弄反了吧,随后动手将那个口袋移到"前面"的扣子一侧,才算安心。

　　　　　　　　　　　　　　　　　　　写心

"围腰（喂呦）？还大布衫儿呢！"这句话往往是某人对某事发出惊叹之后，别人对他的打趣用语，本身没有什么意义。这句话或者说这种句式应用极广，恰如黄集伟先生所言："在我向来的评价里，这种富于延展性、适用范围极为宽广的句子，一定是好句子。"以我按这种句式推演出来的一句话做例子吧。我现在的单位有两位美术编辑，一位叫陈思，一位叫胡红影，某日，我正在想事儿，一位同事忽然问我："在沉思啥呢？"我愣过神儿来，如此对答："陈思（沉思）？还胡红影呢！"

"灰喜鹊，叫喳喳，娶了媳妇忘了妈"

类似的语句，还有"花喜鹊，尾巴长，娶了媳妇忘了娘"，都是把喜鹊拉来说理，其实不关喜鹊什么事儿，纯粹是为了押韵，为了好说好记而已。这话说的是一个男人娶了新娘忘了"旧娘"，不再孝敬父母，言外之意不是赞赏而是训诫。传统的认知是，养儿就是为了防老的，有子而不孝，无疑是人生的不幸。创作者大概是亲历或亲见此情此景，言语间满是辛酸。说起来这属于童谣的范畴，小孩子玩闹间就记住了，有打预防针的意思。看来，一切都要从娃娃抓起啊。

民间有说法，有些儿子本来挺孝顺，都是媳妇吹风洗脑，才使他忘了本心。这就涉及到剪不断理还乱的婆媳关系了。婆媳之间或有矛盾，跳出婆媳关系来看，无疑是一个人与另一个人的矛盾。两个原来生活在不同环境里的人，为人处世难免不一致，一方心态不平，便生嫌隙，一来二去，就难辨难理了。若解此局，唯双方躬身自省换位思考才可。我清楚，这很难做到。

"好话不说二遍"

人总有走神儿的时候，别人正和你说话时也不可避免，愣过神儿来，你会下意识地追问："啥呀？"这显然是对人的不尊重了。在故乡，每每这个时候，对方总会伴作恼怒，抛出一句："好话不说二遍。"还有一句揶揄之语更绝，只怕你受不了："啥牙（呀）？大牙！"得，你得花半天工夫"找牙"去，向人家表示歉意。看来，简简单单的说话，也有许多道道呢，规矩不可逾越啊。

说话时还有一种情况，让人恼怒，那就是对方学你说话。这一般出现在孩童之间——成人之间，尤其是成年男女之间互相学话，近乎调情，不在此列——你说句什么话，对方就跟句什么话，像光照下的影子，怎么甩也甩不掉，情急之下，你挥出尚方宝剑："学人话，长不大！"这话有时候管用，有符咒的力量，还真能斩了乱麻，小屁孩谁不盼望着快快长大呢？更多的时候，对方毫不理睬，照样学你这句话，弄得你没了脾气。你愤怒，他也愤怒；你沉默，他也沉默；你转身离开，他也跟在你后面。你还别气别急，说不定，转脸儿你就是别人身后的影子了。

"迷信迷信，你迷它就信，不迷它就不信"

老爸原是一名赤脚医生，从昆明军区某医院进修回来后，结合实践，名扬一方。他虽非共产党员，但身为医务工作者，也算无神论者，对当时在农村走红的巫婆神汉有他自己的见解，拆解"迷信"即其一。"为民除病当为己任，处事求其于心无愧"，老爸的座右铭让我肃然起敬，而他也成了我儿时的偶像。

说起来，家人并非无所畏惧，有时也会有"迷信"之举。中堂供奉先人神位就不说了，有时还憋不住找"仙儿"算命。从我记事起，每到大年三十晚上，爷爷总会带我们哥仨捏"元宝"——将锡纸裁成小四方块，再折成元宝形状，用黄纸一袋袋包好——留待次日清晨烧了，算是给先走为神的家人送钱。每每此时，爷爷总会解释自己的举动，说是他那去世的父亲（我的曾祖父），早年曾给他托梦，嘱咐只有这种元宝在那边才能通用云云。我内心迷茫，目光转问老爸，却见他面无表情，抑或淡然一笑。多年以后，我理解那笑是宽容，更是尊重。

"有烂砖没烂墙"

盖房子是件大事，大在花费。不过，没有见谁家先备齐一笔钱，专门用来建造房子的，都是略有积蓄就上马，边盖边筹。去哪儿筹钱？信用社是不会贷款给你的，盖房子并非人家要求的生产活动。这时就要发挥人情的作用了，先向亲戚朋友借，回头慢慢还。爸爸说，盖"1980"那座房子时，家里只有一百多元钱，都是靠着亲戚朋友的帮忙才建起来的，最终花费两千余元。我当时听了，颇为意外，待到后来，看到"中国老太太和美国老太太"的故事，我便不以为然，编者大约并不了解民情，殊不知，民间早已有超前消费，只不过借还对象不是银行罢了。

爸爸在三十六岁时盖的那座房子，之所以被我唤作"1980"，缘于他在水泥门槛上刻着这几个数字。"1980"全部用的青砖，这是爸爸一直以来的骄傲，因为在此之前，村里盖房子，都是用青砖垒好边角搭好框架，再在其中填充土砖的。爸爸说，没用红砖，是因为那时根本就没有红砖。

"1980"建造时，我还小，没出过力，十余年之后，家里再次盖房，我积极参与，即便大腿被划伤，也乐此不疲。其中之乐，多在能借机观察社会、体悟事理。匠人都是本村的能手，活儿漂亮，话也启发人。早饭用过后，他们并不急于攀上脚手架干活，而是慢悠悠地喝茶聊天。见我着急上火，他们笑着解释，早上是各家集中上茅厕的时间，为避免街坊邻居尴尬，砌砖铺瓦，越到高处越晚开工。原来不是偷懒啊，想得还挺周到的。铺瓦时，几个匠人划了区域，各自为战。有人手快，铺完后，就顺着梯子先下来了。我建议他帮帮别人，好及早完工，却得到回应："不能隔蒸笼拿馍啊。"看来，这又是行内规矩了。"有烂砖没烂墙"也是在这个过程中听到的，是的，砖无论完整还是残缺，都一样能变成好墙的一部分，就看师傅的手艺了。这话让我浮想联翩，回味良久。

"不怕起点迟，只要起点高"

说到学生时代的学习，我总是轻松不起来，由于耽于文学，成绩一直在中下游徘徊，最终高考落榜。这怨不得文学，正如当年一位同学所言，许多学生钟情文学，不过是逃避学习，为学习成绩不理想找一个借口——这似乎就是我的写照。继两位哥哥之后，我的高考失利，彻底打击了家人的光荣与梦想。"你们弟兄仨一个接一个地打了咱爸的脸！"二嫂评论道。

我不愿走家人安排的复读之路，选择到省城的学校参加自学考试。临行前，家人七嘴八舌，给我以精神洗礼。"不怕起点迟，只要起点高"，这话是老爸勉励我的，听上去安慰的成分多一点，其中也不乏责难；"生活上向最低水平看齐，学习上向最高水平看齐"，这是大哥说的，自然不必解释……带着家人的期待，我挥别故里，挥别沉重的中学时光，独自上路。

2006—2010年

成长课

发现自己的前世今生

阅读是一个互动的过程。面对同一本书，不同的读者以各异的阅历，赋予作品多重的含义。

网络时代，阅读的这个特性又有着别样的表现。多数时候，读者可以方便地找到作者的自媒体，关注之外，还能与作者即时交流。

比如我读云从龙。在《读库》上先后拜读过他的《未亡人和她的三城记》《4928-1》，我对他的民间历史写作颇感兴趣，随即搜索浏览他的博客与微博，并互加为好友，不时畅聊。

我从2011年开始担任《读库》审校，常能第一时间先睹心仪之作。2015年10月，我便读到了蛰伏多时的云从龙的新作《明星与素琴》。

在那之后不久，我的父亲因脑溢血住院了，所幸并无大碍。这让我的生活慢了下来。在县人民医院照顾父亲，不值夜时，我会在家翻看他四十多年前在云南开远解放军第五十九医院进修时的笔记。

我上中学时，父亲参与竞聘乡卫生院院长，被对手构陷，说是他曾为某人做过假结扎手术云云。他因此未能如愿。从家人的议论中，我听闻此事，心中完美的偶像形象瞬时破碎。为探求此事，我曾翻阅过他历年的记事台历与笔记。

　　当年，我从台历记事栏抄录了不少父亲的话。转引几句：

　　"人言固然可畏，但更可畏的是自己的豆腐心，而不是别人的刀子嘴。"

　　"单位里，属猪的吃了不干活，属狗的吃了还咬人，属牛的干了还挨鞭子。"

　　"患难知己，友谊才开始。"

　　年岁渐长，如今看来，父亲的每一句话背后，或许都曾有惊心动魄的经历。

　　在一本笔记里，我发现了一份"关于王福虎的爱人李全兰做绝育手术前后的情况"。这是父亲写于1980年4月18日的证明材料，其中所述，或为后来的绊脚石。转引于此：

　　"1980年3月31日下午，在我院手术室，由我和牛喜花、王秀花、刘凤琴等同志，为李全兰行保胎输卵管结扎术。手术开始顺利，打开腹腔后，由于怀孕月份大，子宫底已平脐，受术者不配合，手术不能正常进行，后经领导批准关腹。

　　"关于保胎结扎，手术前几天（具体日期记不准），王福虎找到我说：'马医生，能不能做保胎结扎？'我说：'关于保胎结扎，以前咱这里做过，但现在要请领导批准才行。'后来，院长同意，牛喜花通知我之后，我才进行手术的。"

不过，由于对医学无感觉，生活日记部分又多记录我出生之前的事，中学时代的我，只是走马观花，随即就放下了。

但是此刻，似乎是云从龙给了我另一只眼，再看这些笔记，医学内容之外，父亲的入党申请书、大字报、1980年建房五间的各项投资款额等，读来颇有意味，在文字里重新认识了父亲。

随后，就某些话题，比如为何他最终没有成为一名中共党员，我与父亲做了沟通。我心里一动：何必去搜寻别人的故事，眼前这个人就值得关注啊。几年前，我就提议，他应该写写自己的经历，但被他推托。而今他大病初愈，右手无力，更无可能执笔作文。

就如清代学者阮元所言，对读书人来说，若每人负责三十里，重视研究各自的乡邦文献，便会形成一个巨大的文化史学的网络。经父亲同意，我将其八本笔记请回郑州，扫描每个页面，并录入整理非医学文字。我的本意，是想讲述一位赤脚医生的故事，即便最后未能如愿，这个行为本身对我也是有积极作用的。

其间，我难免有困惑，比如材料如何选择，文字加工到什么程度合适。便在网上向云从龙请教，并提出，他可写一篇整理材料心得，偏技术方面的。他回复，他的确有过这样的想法，但觉得自己在这方面的研究也才刚刚开始，说得多了，难免有好为人师的嫌疑，还是算了。互加微信好友后，不久，他发来黄章晋的《怎样整理父辈的日常生活》，供我参考。

2016年9月19日，父亲的笔记全部录入整理完毕，得五万余字。但限于手头素材细节与故事性不足，又无暇访谈，一时陷于停顿。11月17日，看见我在微博晒二十年前刚刚加盟郑州三联书店时的家书，赵瑜约我整理一万字左右，拟推荐给《天涯》杂志"民间语文"栏目刊发。经综合考虑，我选择1996年的父子家书，录入并编辑后发给了他。随后，思来想去，索性将那一年之前的家书也一并录入整理。

此前，云从龙在微博里展示了他收集的一位父亲珍藏的两位女儿的信，如此感叹：结果却是，父亲归山以后，这些东西，统统被女儿抛弃。我评论：这些东西和藏书一样，命运无常，所幸，它们被有心人发现了。有网友说，就算留在家里，也不会读，归于风中适得其所；有网友说，书信这类民间文书，若无藏用，归于认为值得珍藏或利用者之手，乃得其所宜；有网友说，父爱就像黑夜中的眼睛，一直关注着你，而你有时却感受不到，甚至责备他漠不关心，却不知他一直在默默地指引你前行，等你当了爸爸，才会渐渐体会到父爱的沉甸甸……

我与父亲通信，始于1992年。起因是，在县一中读书时，高中二年级下学期的五一假期，我请同学到家里玩，后来父亲从外面回来，得知其中有女同学，他"脸上一寒"（姐姐转述语）——为了解释，回到学校，我给他写了一封信。2001年之后，家里装了电话，我那时也已结婚，就很少互相写信了。

我给别人写信，从不自留底稿，不过对于收到的信件，

　　　　　　　　　　　　　　　　写心

虽历经多年漂泊，也从不会遗弃。为避免散失，也为阅读便捷，每隔一段日子，我就会按照时间顺序排列好，一针一线装订成册，有多人合集，亦有单人专辑。1997年之前的父子家书，我曾编为两册。我写给父亲的信，自然是数次回家搜罗过来的。

等到录入整理告一段落，在又一次回家之前，我准备将1997年及之后的去信一并请回。但当时难免有疑虑，毕竟已近二十年了，即便还在，或已不全。还好，父亲习惯有条理的生活，我的信一封不缺。摊信在床，在透过纱窗的阳光的映照下，泛黄的信封与信纸，反射着时光的味道。

我对家人说，这是一笔精神财富，当年零存，今日整取。

从1992年到2001年，从我十八岁到二十七岁，整整十年，家书记录了我的成长史，总字数有八万字左右。录入时，可以清晰地看到一个男生蜕变成男人的迷惘与喜悦，一个父亲化身为朋友的关爱与指导，一个家庭传承并发展的家教与家风。我决定，发表之外，将这些家书编辑出版，与更多的人分享。当然，为方便读者理解，拓展阅读视野，书信之外，需另撰相关文字，作为旁白。

追根溯源，我的举动和云从龙有莫大的关系。《明星与素琴》单行本出版后，2017年4月14日，他给我回了一封长信，其中写道："您由我的写作进而注意到了令尊大人，去整理他和您之间的那些通信，这给了我莫大的鼓励。时代毕竟变了，越来越多的人，自我意识开始觉醒，开始反复地追问'我是谁''我从哪里来''我要到哪里去'这样的终极问题,而不再是甘愿成为炮灰、脑残粉和小迷妹,这样的时代终将过去。我的写作,如果能让哪怕一个人,意识到他的父辈、他平日里再普通不过的柴米油盐也有着不同凡响的伟大和值得津津乐道之处,我便很知足了。"

云从龙此言,自然不限于他与我之私,也点明了民间历史写作的价值。一定程度上,这也是我公开家书的初衷。

阅读普通中国人的故事,其意义何在? 诚如云从龙所言:"大地上处处都有故事,我们的谈资里也从来不缺故事。只是很多时候,你都是活在别人的故事里,甘做配角甚至附庸,却从来也没有想过,在历史的河床上,你其实一直都是主角。今天,人们对王侯将相有多么迷恋,湮没在故纸堆中的普通中国人,就有多么重要。因为,他们在很多时候,就是你的前世今生。"

2017年5月2日

写心

藏在家书里的大学时光

"还没开始大学的生活，却铺开信纸，用饱满的笔倾泻饱满的思绪。写完信，反反复复看上一遍又一遍，终于没有发现什么不当之处，轻轻地折了，装入信封，封好。一笔一画地写好地址，回过头来再看，却朦胧看不清了，腮部有条凉凉的虫子在爬。庄严地把信投入邮箱，心中默默地祈祷信鸽速去速回。有时不免痴痴地等到邮递员开箱，看见自己的信被装入邮包才转身离去。邮递员装走了自己的信，也装走了自己的心。于是盼、等……我的信呢？"

这是当年一篇练笔里的语段，列举的事件是艺术虚构，描摹的心情却绝对真实。

1993年8月，我由家乡来到郑州，进入黄河科技大学学习。我那时并没有立即给家人写信报安，只顾着给旧友倾诉转型期的种种心情。而父亲的家书，却是我上大学后收到的第一封信。这给了我当头一棒，让我认清了自己："我是谁？我从哪里来？我要到哪里去？"

结缘

"这段时间内，你要抓紧熟悉情况，如老师同学、周围环境，尤其是城市交通、商场、文化娱乐中心、车站、道路等。省城要比县城繁华热闹，要学习，这也是一项内容。一定要珍惜这次学习机会，作为当代大学生，必须要有专业特长，以后在社会上才能站稳脚跟，立于不败之地。努力吧，前程似锦！"

1993年8月14日，接到父亲的家书，我当即回信，其中写道：

"说真的，初见黄科大，自己心里不免有失望感：虽然不是同学们传说中的简陋，但和一中相比，着实有一定差距。教室中只是多了几个吊扇而已，寝室也只比一中多了个暖气——夏天又用不着。

"可是，在这儿将要学到的知识和受到的教育却是一中不能比的。仅仅几天，我就深深地爱上了黄科大。'黄科大精神'是'开拓、拼搏、实干、奉献'，几次校会，以及8月5日的开学典礼，这八个字被校领导们演绎成了下面几句话：'要想别人看得起，首先自己了不起！''落榜不落志，自费不自卑！''在适当的时候，准确地表现你自己！'哦，表现、竞争，好刺激的大学生活。"

创办于1984年的黄科大，当时是一所全日制高等教育自学考试辅导学校，校部分散于郑州市的二七区与中原区，有点像连锁店，从一个点到另一个点最短也有数里。

我的某位高中同学后来也选择了黄科大，而他做出这样的决定，乃是因为听了我同乡的话而动心了："从一个校部到另一个校部找国兴，得走半个小时。"从岗刘校部到郑密路校部，的确得用那么长时间，但他起初以为是校园很大，却不料都是走在公路上。

在郑密路校部学习不久，我们搬到了齐礼阁校部，第二学年又移至岗刘校部。在齐礼阁校部时，我们住在黄科大集体租赁的民房，学习则在齐礼阁小学内。同学们戏称："别的地方都是某某大学附属中学、附属小学，咱们则是齐礼阁小学附属大学。"

母校

2004年5月30日，应黄科大之邀，我作为"优秀毕业生"之一，重返母校，参加了建校二十周年庆典大会。会议资料里，有一本中央民族大学出版社2004年5月出版的《丰碑：黄河科技学院二十年光辉历程》，其中的大事记，让我深入了解了黄科大的前世今生。

1984年10月30日，经郑州市教委批准，胡大白女士与丈夫杨钟瑶先生创办郑州高教自考辅导班；1985年4月，经与有关方面商量，并报请市教委批准，创办者确定校名为黄河科技专科学校；1988年3月，经学校申请、市教委批准，更改校名为黄河科技大学；1994年2月，经国家教委批准，建立民办黄河科技学院，实施高等专科学历教育，学校成为我国自颁布《民办高等学校设置暂行规定》以后，全国第一所独立设置的民办普通高等学校；2000年3月，经国家教育部批准，在民办黄河科技学院的基础上，建立黄河科技学院，实施本科教育，学校成为我国第一所民办普通本科高校。

在我当年写给父亲的家书里，一些大事也有所体现。

1993年8月14日："8月15日，国家教委要来黄科大检查，若通过，则有可能国家统一自考、统一分配。我先不管它，只是学好专业，拿到文凭。"

1994年3月1日："爸爸，黄河科技大学即将更名为黄河科技学院了。一到学校，就听到了我校被国家教委批准实施高等学历教育的消息，从1994年起招的学生，可以转户粮关系。明天，黄科大要在省人民会堂举行庆祝仪式，听说省委书记李长春、省长马忠臣以及教委各级领导要到场讲话。"

1994年4月5日："随信寄校报一份，也许能说明我说不清的问题。3月2日在省人民会堂的大会，我也作为一名班代表赴会。"

1994年10月31日："考试后是放三天假的，但由于学校有事，我就不回去了。学校成立了学生会，我被委以秘书长的职位，眼下又面临十年校庆，可能会忙一些。10月6日，《郑州晚报》头版头条的《亮丽人生》，报道了胡大白校长，很感人。同学们都在议论如何做人，我已在心中立起了校长的精神——

'开拓、拼搏、实干、奉献'。"

1994年11月15日："校庆已于10日在新校址召开，《郑州晚报》次日头版头条报道了此事。"

对此，父亲均有回应。例如，1994年11月10日，他在回信中写道："十年校庆，是你们学校的大喜事，学生会的秘书长理当更忙些，要为这难得的十年校庆忙碌工作而欣慰。这也是你学习校长、接触校长，让校长了解你、认识你的好机会。要记住：你是国家栋梁，也要有人把你当作栋梁使用，才能最大地发挥你的作用。如若没被人发现，或发现太晚，将耽误你的人生年华。"

自考

1993年12月4日，我在家书中写道：

"我的面前放着一张纸，一张非同一般的纸，它是'河南省高等教育自学考试课程合格证书'。成绩如下：'现代汉语'七十四分，'中国革命史'六十五分，'现代文选'六十七分。不带一点水分和杂质的成绩。

"我是今天才得知分数的。比上不足，比下有余。展望来年，我感到了肩上的沉重。我是自作主张来黄科大的，也得到了家人的支持，我就一定得走好每一步、打好每一仗。"

黄科大校报总第10期为招生专刊，如是介绍自考："高等教育自学考试是我国新兴的考试制度，我省每年4月和10月底在全省范围内开考两次，凡参加考试合格的单科，由省自考委发单科合格证，考完所学专业计划规定的全部课程，并取得合格成绩者，由省自考委颁发大专毕业证书，国家承认学历。"

根据当年自考的课程设置，中文专业有十门，秘书专业有十三门，二者有七门是重复的，其中包括我信中所说的三门。因此，在第一次考试之前，我与其他十三位中文专业的同学，被并入秘书专业共同学习，倒也适得其所，相安无事。

然而，在那之后，由于中文专业的学生实在太少，学校建议我们正式转为秘书专业。我们在努力争取独立而无望之后，只得接受现实。其间少不了一番心理挣扎：你不是认为秘书专业比中文专业要容易得多吗？那么，你就投入其中试试看，假如你连秘书专业都攻不破，更何谈中文专业；假如真的很顺利，参加工作又不一定非要专业对口……

"我没有得到我喜欢的，我就喜欢我已得到的。"这句话在我随后的人生中，又数次支撑起我倾斜的内心，助我渡过一道道难关。

大二刚开学，我就面临1993级文秘班有可能被解散的情况。那时黄科大已被国家教委批准，实施高等专科学历教育。大家将此称为学历自考，而将原来的教育模式称为社会自考。学校有意统一并轨于前者。在我们争取下，最终得偿所愿。随后，我担任只剩下十六人的文秘班班长。其人数之少，在校史上应属空前绝后。大家戏言，文秘班可谓黄科大研究生班。

1995年7月，我获得由河南省高等教育自学考试委员会及河南财经学院（自考秘书专业主考院校）联合颁发的高等教育自学考试毕业证书。

那时，我读到联合国教科文组织编著的《学会生存》里的一段话，不由得产生了强烈的共鸣："未来不是我们要去的地方，而是我们要创造的地方。通向未来的路不是找到的，而是走出来的。走出这些道路的过程，既改变着走路的人，又改变着目的地。"

学业

那两年，在黄科大，说是自学，其实还是有老师授课的。

那些老师，都是黄科大从省会其他高校聘请来的。根据每人讲课的效果，校方付以高低不同的讲课费。效果以学生的考试成绩来评价，也以学生的实际感受为依据。那时，在我们的提议下，就曾更换了不止一位老师。

反过来说，受欢迎的老师，讲课费高之外，也会受聘讲授不止一门课程。比如李国英老师，就先后给我们教授了"写作"和"秘书学"两门课程。

李老师的板书，在十余位老师中是一流的。她的字柔中带刚，很有力度，我暗地里不时临摹。我曾请她开列书单，以便攻读有的放矢，另一方面，也为保存她的墨宝，时时研学，因为板书毕竟寿命极短。她是继高中语文老师苑成彩老师之后，又一位对我的字体定型影响较大的人。

为扩大学生视野，增强就业能力，黄科大另聘老师，开授相应的课程。当年，除了那十三门课，我们还上了"公关礼仪""市场营销"等选修课。

常晋波老师和廖楠老师是夫妇，都在郑州大学教书，也都在黄科大任课，分别教授"公关礼仪"和"大众传播学"。在某节课上，常老师引一上联，"月照纱窗个个孔明诸葛亮"，说是有许多人应对都无功而返，曾有报纸悬重金征下联云云。

此后某日，闲翻旧书，见上面有几人应对之作，似也对仗。由于当时常老师已无课，我遂抄录，并成一信，托廖老师代转。不想，常老师竟有回信，也由廖老师捎来。他认为那些应对之作平庸做作，并无可取之处。信末，他写道："处处留心得学问。但深究学问，一定要严谨，严谨也者，须字斟句酌，须认真待之。博学之余，须深思。学而不思则罔。望你我共勉！"

在家书里，我将学习与生活的点点滴滴汇报给父亲，他总是予以点评。例如，1995年3月29日，他在回信中写道："关于工作事，我的看法是：以能够发挥你的专业特长，更好地为人类服务为宗旨。当然，也要想到工资、福利和待遇，去经济效益好的单位，自然会过得更潇洒。大学生都是知识分子，特点是：有思想抱负，志向远大，但又不切实际，好高骛远，甚至目空一切。我劝你要实在一点。大学毕业，也只是劳动分子。一言以蔽之，找点事干便行。"

　　　　　　　　　　　　　　　　　　　　　　　写心

如今的母校，虽然早已不再是自学考试辅导学校，但敢为天下先的精神仍须秉持。对学弟学妹来说，昔日师长的"要想别人看得起，首先自己了不起"等教诲，依然没有过时。

　　离开母校已二十四年了，有时，晚上还会梦见自己在课堂上。

　　　　　　　　　　　　　　　　2019年6月7日

藏在家书里的书店时光

　　说起来，我本可以更早地成为郑州三联书店的一员的。

　　1995年11月19日，我给父亲写信，第一次提及三联书店："我不知在爸爸的心目中，有什么可以和我心中的生活·读书·新知三联书店相类比。也许是爱屋及乌，也许是对文化挚爱的缘故，我对严肃认真的三联书店很是偏爱。曾有梦想，在家乡开设三联书店的分店，为更多的读者服务。有了这个念头，所以当我看到郑州三联书店招营业员时心动不已就在情理之中了。但我仍有冷静和理智在，认为营业并不能挖掘自身潜能，反而现在这活儿能大大地发挥自身的潜力。且把此梦埋于心间吧。"

　　当时，我供职于一家唤作"万替"的服务公司。信中提及的书店招营业员，是三联为即将于1996年元旦开业的商业大厦支店储备的。可是，万替家政业务初见成效，身为"股东"之一，我怎能临阵脱逃？

　　动摇了些时日，我说服了自己，口中默念傅雷在《约

写心

翰·克利斯朵夫》"译者献辞"里的话："真正的光明决不是永没有黑暗的时间，只是永不被黑暗所掩蔽罢了。真正的英雄决不是永没有卑下的情操，只是永不被卑下的情操所屈服罢了。所以在你要战胜外来的敌人之前，先得战胜你内在的敌人；你不必害怕沉沦堕落，只消你能不断的自拔与更新。"

1996年春节后，由于太太待产，加之业务不顺，李红光经理解散了万替。对坚守到最后的我和另一位同事，他先是让我们免费使用电话，以便及早寻找"下家"，后来又联系同学，为我们提供了免费的住处。

我与郑州三联书店，终于没有互相错过。

从此，我的人生翻开了新的一页。

1996年3月28日，加盟郑州三联书店的当天晚上，我给家人写信，汇报工作变动：

"漂来漂去，我终于如愿以偿，在生活·读书·新知三联书店郑州分销店落脚。高考落榜是我的一次失败吧，和叶田分手算作我的失恋吗，万替解散可是我的首次失业呀——失败、失恋、失业，我一一品味，一天天地长大成熟。

"刚失业的那段日子，我像是被蒙住了眼睛，不知身在何地，也不知要去向何方，四处乱撞。工作是好找，大多是拉广告、搞推销，这和我去年所做的是一个性质，是我不太感兴趣的。拨通了金砚台画廊魏培建老师的电话，请他帮忙给找个工作，他表示无能为力，却说了几句启示我的话：'像你这么大，不应该没活儿就找活儿，找到活儿就做活儿，纯粹做一个打工者也不好。你应该有自己的想法，为将来的事业打好基础。'第二天，我又和他面谈了一次，临末，我对他说：'在这儿虽然没有找到工作，却让我找到了自己。'虽有些酸，却是心里话。确定三联书店后，我告知了他，他急切地说：'抓住机会，不管干什么，先进去再说，至少有书看！'"

4月2日，父亲回信，祝贺之余，又勉励了一番："人生'三大不幸'是：少年丧父（这时正需父爱和关照）、中年丧妻（这时正需伴侣作陪）、老年丧子（这时需儿子养老送终）。你的'三失'——失败、失恋、失业——又算什么？失败更能激发你向上求索、努力学习的决心，是好事不是坏事。你和叶田的关系，本来我们就认为是一面热，也可能是你多情，我认为这不叫失恋，叫锻炼。天涯何处无芳草？你的娇妻已在向你招手，或可以说翘首顾盼呢，只是看你的缘分罢了。失业更不算什么！它带给你的将是一个倔强者的奋起。你看过《西游记》，应该懂得'九九八十一难'的道理。正如你说，应感谢李红光，使你得以磨炼。'宝剑锋从磨砺出'嘛。不然，你怎么会到三联书店工作。所以要想开点，用唯物辩证法看待问题、解决问题。"

4月12日，我在信中对父亲卖弄道：

"爸爸可以看出，信纸上的'生活·读书·新知'是三种字体，这是怎么回事呢？三联书店由生活书店、读书生活出版社、新知书店组成，1948年10月成立于香港，次年迁至北京。三家店招，'生活书店'由黄炎培题写，'读书生活出版社'由民国名士沈卫（沈钧儒的叔父）题写，'新知书店'由近代教育家经亨颐（廖承志的岳父）题写。如今，取自三家店招的这六个字已成为三联书店的标志之一，而另一个标志——店徽，是一颗星下三位挥动锄镐的筑路工人。

"就介绍到这儿吧，这些都是历史了，未来还是要靠我等年轻人去创造！"

那些信息，源于此前所得的一份三联书店简史。

那时，我不解那枚店徽的意思，询问店员之后，得见书店简史，忙拿到附近的文印店复印了一份。当时没有想到，几年后，我也会执笔为郑州三联书店立志修史。

再补充几句。

三联书店前身之一的生活书店，不仅是个出版机构，而且在全国乃至东南亚都建设了销售网络，经营本版及外版进步图书。后来由于种种原因，三联书店只从事出版业务，虽名为"书店"，却不能逛。

1986年，恢复独立建制以后，三联书店又开始在全国设置分销店，以推广三联书店的品牌和图书。郑州三联书店是三联书店的第一个分销机构，由时任三联书店总经理的沈昌文先生和薛正强先生共同促成，于1989年下半年开始筹备，1990年4月正式营业。

郑州三联书店在农业路门市开业几年之后，先是在1994年春，和郑州越秀酒家兴办了"酒店中的书店"，继而又于

1995年10月，进入郑州百货大楼，设立"商场中的书店"——二者都是开先河之举。此后，书店迅速复制扩张：1996年1月，商业大厦支店正式营业；1996年5月，天然商厦支店成立；1996年7月，紫荆山百货大楼支店面世；1996年冬，亚细亚五彩购物广场支店营运；1997年，其触角又先后延伸至金博大购物中心、花园商厦、丹尼斯百货……

我就是在这样的背景下到书店工作的。

"有人说，你喜欢干什么是经，你能干什么是纬，经纬的交点就是你的立足点。我以为，现在我寻找到了人生的坐标点。"那一年，在给朋友的信里，我如是说。

从1997年开始，连续五年的春节，我都是在工作岗位上度过的。

1997年2月16日，我写信向家人拜年，并介绍自己当时的工作与生活：

"原来农业路门市过年都要关门几天，我原想可能要将我派往哪个商场加班的，到最后门市也不停业了——还是坐镇于此，也好。万家团圆的六天假期里，三联书店连锁店捷报频传，各支店都卖得特好，门市也创了历史最高纪录——一万两千余元。其实无所谓'历史最高'，先前这几天都不开门，营业额是为零的。

"第一次在外过年，没有一点经验。年前在报纸上看到报道说春节市场红火，想着到时一定不差，便没有存储多少

74   写心

东西，真到了年头，已是弹尽粮绝，可菜农米贩们都返乡团聚，人去街空了。幸而领导同事关心，带来百般温暖，让我渡过难关，真正是吃'百家饭'了。

"城市里过年没一点意思，学生、打工者抽去了城市的生气，街上冷清得很，只是工作繁忙，我没心情咀嚼这一丝忧伤。"

那两年，郑州三联书店不定期要举行店员业务考试，总分为一百分，内容如下：作者作品和四道读者问答，各占四十分；店史和珠算，各占五分；打包，一项两种——大包"井"字双道捆扎带提手，要求四十秒内完成，小包"十"字一道捆扎，要求十五秒内完成——各占五分。

相应的，有奖惩制度：以六十分为标准线，对于不及格者，每少一分扣五元，并提出警告乃至劝退；超过八十分的每分奖励五元，超过九十分的每分奖励十元，另奖一本书。

所奖图书，多以提高业务水平的工具书为主，比如我手头这本《中外作家作品简表》，上面加盖有书店公章，并写着一句话："业务考试成绩优异，望继续完善自我，竭诚为读者服务！"

1997年6月4日，我在信中提及此事：

"刚刚进行了全店一线员工的业务考试，农业路门市整体水平较高，只是门市第一的我（八十八分）与全店第一（商业支店的邢国红店长九十分）尚有差距，效仿北京国安足球队的口号——'门市永远争第一'，看来得继续喊下去了。

"业务考试内容是对每一个一线营业职工起码的要求，但对于一个店长来说，除了这些，还有更高的标准，那就是管理人、财、物，其中又以人为重。

　　"可能与我的个性有关，虽然在店长这位置上时间不短了，可我一直严厉不起来，仅仅是个优秀的店员而已，离合格的店长尚有需修炼之处。老好人弄得店里一团糨糊，这样对店（影响形象）、对我（不利自我发展）、对店员（阻碍他们完善自己）都有害处，不如严格起来！"

　　"真羡慕你们，可以免费读这么多好书！"经常听到有读者如是说。

　　每每此刻，我总是心生苦楚，汗颜不已。起初，我还会解释，我们上班时是不便读书的，因为那可能会怠慢了读者，影响书店的形象，所以更多的时候，我们也只是在"看（kān）书"而已。后来，再遇到有读者抒发类似的感慨，我唯有一笑以对。

　　说起来，营业中总有读者稀落之时，我们借机整理散乱的书架，填充售缺的图书，也会顺便翻翻新书——当然，这是为了熟悉业务的功利举动，算不上纯粹的阅读，要是将过眼的书名都写出来，会吓着你，也会让我自己都不好意思的。

　　如此前言后记式的翻看久了，便对书店的成员有了大致的了解，足以应对读者的询问。

　　1998年春，我调到郑州三联书店办公室，从事采购工作，随即参加了当年的北京图书订货会。

1998年4月9日，我在信中写道：

"经过近两个月的磨合，先前因调整工作环境带来的不适已逐渐消失。加盟三联书店已整两年，在此期间，工作占据了我绝大多数的时间，我也因此舍弃、改变了不少。我戏言，来书店把我原来对书的那种感觉完全磨灭了。原来对书有神秘、神圣之感，闲来无事逛逛书店，蹭书看，或者买来一本千挑万选的书，回去细细翻阅，但如今三思不离书、三句话不离书、三步不离书，店里书外的事情弄得我倒胃口，读书没有心情，看书没有时间，更多的是翻书，为了熟悉业务，很功利地泛泛而阅。

"原来一个人的时候，工作时间长也不觉什么，大不了业余少休闲一会儿。和小牛确定关系后，便感觉缺少共处时间，深忧因此而影响了我们的感情。谁让我们都是店里的骨干呢！我曾有想法，就做好一个普通店员该做的，业余读点书、写点东西，不亦乐乎，但现实并不满足你这点想法，非要你脱颖而出，给你压重担子，让你没有太多的休息时间。我向别人'诉苦'，自己目前是'打杂'，什么都要我去做——是在抱怨，更像是炫耀。说归说，做归做，想来我能在种种关系网里游刃有余、得心应手的。"

起初，郑州三联书店没有人专门负责宣传，我由店面到采购部以后，自觉担起了这项任务。

我喜欢这个工作，它能让我将爱好融入其中，比如写书评，就让自己在亲情友情的题材之外，开拓了另一个疆域。

由于书店与本地媒体的合作越来越多，我操刀拼贴了不少图书的推介文字，先后在相关媒体刊布，省会媒体转了个遍。又由于各家媒体时常改版，所以都没有坚持太久，不过此起彼伏，我也不会闲着。

我都不好意思说自己写的是"书评"，因其多浮光掠影，游离于书外，目的性、功利性极强，明显都是些速朽的玩意儿。

1999年12月15日，父亲在信中说：

"今收到你们的来信，和三联书店与《大河报》合作新书推荐的两篇书评，写得很好，有理、有情、有独到的见解。

"如果说以前的报纸杂志刊出的文章比较青涩的话，那这次你写的两篇书评，我认为已比较成功、成熟。写书评好，既宣传了作者与书的价值，又宣传了自己，锻炼了写作，还有稿费，何乐而不为呢？

"你的文章能经常见报，这就是你的成绩，用乡村俗话说，就是'国兴的墨水没有白喝'。上次你写二哥的《哥俩好》那篇文章，在你中学时代的教师中广为传播。有位教过你的老师拿着报纸，找到我说：'马国兴在《大河报》上发表文章了，写的还是家乡的事儿。'"

1999年冬，郑州三联书店专门设立企划部，任命我为企划部总监。

那时，我由理货到营业再到采购，在书店已历练多年，但对于全新的企划工作，却也不由得茫然无从。

刚开始，我在同事的协助下，为各个店面设计制作了展板，让"新书预告""重点推荐""销售排行""广而告之"各得其所，又联系了省会媒体读书版编辑，或写书评推介新书，或提供销售排行榜并点评——自然，是注明了郑州三联书店的地址或电话的。

张俊鹏经理对此并不满足，说我的企划部实际上只是"宣传部"，应该组织一些活动云云。我也有心寻求突破，可不知从何处着手，一筹莫展。

话说某一天，和朋友闲聊中得知，河南作家张宇创作了长篇小说《软弱》，已在2000年第3期《中国作家》上发表，即将由人民文学出版社出版，本地报纸也将连载。

听闻这个信息，我激动不已，脑海划过一个企划案：谈地区包发，做签名售书，发相关报道，郑州三联书店太康路支店不就名声在外了吗？

我给同事林桦谈了自己的设想，他积极支持我去实施计划，并说："郑州三联书店成立十年来，还没有做过一个漂亮活儿呢！"

我坚定了信心，先是联系了张宇。他表示，愿意配合书店的任何活动。随后，我和张经理沟通，请他务必和出版社敲定包销事宜。

接下来的一段时间，我每天都跟打仗一般，又忙又累又兴奋：数次前往张宇家，确定签售细节；在媒体上发布签售消息，安排专访和书摘事宜；通知书店的新知书友俱乐部会员，请感兴趣的读者与作者互动；调动各条战线的同事，围绕此事服务……

签售当晚，河南电视台都市频道报道了张宇签名售书的消息，其中有采访我的段落。

2000年3月22日，父亲在信中提及此事："3月20日晚近21时，全家人围坐在电视机旁，观看都市频道的《都市报道》节目。是你姐姐眼明嘴快，看到了三联书店作家签名售书的报道，她说：'作家张宇旁边坐着的，不正是马国兴吗？'看来，书店生意红火，你们还挺忙的。作为企划总监，出主意、想办法、促销售、多挣钱，才是施展才华的最好注脚。为此，全家向你们表示祝贺。"

原先，我对书、对书店是一种纯真的感情，到书店工作以后，我对书、对书店便有了复杂的情感。我依然爱着书，不过已是更为宽广的爱，犹如严父慈母，又犹如月下老人，希望它们能找到合适的读者，实现自己的价值。而书店那神圣的光环渐渐退散，在我心中，它很现实地成为一叶舟，我只是一位摆渡者，载读者由此岸到彼岸。

2017年11月2日

生活总有文字除不尽的余数

《父子家书（1992—2001）》这本书，从1992年开始，父亲与我合写了二十五年。

然而，父亲看不到它的出版了。2017年9月20日晚十一点，他因病与世长辞，享年七十三岁。

"马先儿！马先儿！马先儿！"小时候的夜里，我的美梦经常被这样的喊叫打断。与此同时，还有来人撞击院门的声响，有时还伴着电闪雷鸣。父亲应答着，赶紧穿衣下床，拿起诊箱，出门迎战。

故乡将医生唤作"先儿"。父亲与病魔的作战场景，我并不清楚，他也很少给我们讲。岁月流转，我铭记的都是些生活的细节。

童年的玩具，屈指可数，而仅有的几件，也大都出自父亲的创造。我曾有个"万花筒"，是他用废弃的手电筒改造的。去了电池与灯泡，剪些五颜六色的纸屑，置于手电筒的前端，翻转筒柄时，从手电筒尾端可以看见变幻莫测的景象。

进入正月，父亲找出我去年的旧灯笼，撕去早已破碎与褪色的彩纸，再糊以新鲜的，我便又有了一个新灯笼。那个灯笼架也是他扎的，材料是竹篾，形象是老虎。元宵节的晚上，我在灯笼里装上蜡烛，点着，到街上与小朋友们比灯。自然，我的是最有特色的。

起初，我们哥仨在家打乒乓球，只是拿着球拍颠球，或是对着凹凸不平的山墙单练。后来，父亲砌了两块水泥板，待其凝结后，又用砖块垒了几个柱子做支撑，球台便成了。没有球网，就立一排砖头代替。我们多余的精力终于有了倾泻的场所，玩得不亦乐乎。

每天早晨起来，父亲总是将屋里屋外清扫干净，角角落落也不放过，然后再用拖把拖上一遍。他说，正像俗话说的那样，"扫地扫旮旯儿，洗脸洗鼻洼儿"，做什么事都不能对付，不能浮皮潦草。

闲下来时，父亲搬出自行车，将代步工具检修好，再擦拭一新。他说，"工欲善其事，必先利其器"，什么东西都是你对它怎么样，它也对你怎么样，比如自行车，如果平时不注重保养，到用时又是漏气又是掉链子，再着急上火也没用。

1958年10月，父亲走上医学道路。2007年1月退休后，他仍然坚持发挥余热，为广大患者服务，把毕生精力奉献给了乡村医疗卫生事业。

"为民除病当为己任，处事求其于心无愧"，这是父亲的座右铭，也是他一生的缩影。

这些家书能保存完好，主要归功于爷爷。1999年11月27日，他将我的去信集中后捆扎起来，并在某个信封背面用毛笔写上"马国兴来往书信"。也许，当时他并未想过有一天我会去录入整理它们，此举只是他有条理的生活习惯使然而已。

小学的每个寒假，爷爷都每日督促我练毛笔字。刚开始时，他捉住我的手，点点如桃，辟撇如刀，横平竖直，同时晓之以理："写字和人的坐立行走一样。你看，你的嘴和鼻子，是不是和下面的小鸡鸡在一条线上照着？写竖也要直，要不就不好看！"

年岁渐长，我不断读书，渐渐远离了家人。没有了外力的束缚，我不再刻意练字。过年回家，爷爷也不再摁住我写字，只是偶尔指出我写的家书的毛病："'我'字是一体的，怎么能拆开来写呢，那和'找'字有什么区别？"

在那之后，我读到一篇《"我"原是一种兵器》，其中提及"我"字本是左右结构，"以手执戈"为"我"。当时，我如同得到了救兵，感觉真理的天平偏向了自己，信心爆棚。但是再见爷爷，我却只字未提此事。

那时，家里装了电话，我好久都没写过信了。

父亲的家书由他执笔，但显然代表了全家人的意思。例如，1993年8月29日，他在信中写道："在你来信的信封上，关于'同志'的称呼，你爷爷及在医院工作的同事感觉不妥。你要知道，对父老的称谓不同于同辈。你爷爷说，对父老应称爷、父、妈、姑、姨等以及大人，不能用同志，这让别人看到后会笑话的，因你是大学生了，又是专攻文学的。在给你老舅、你姨父去信时，也要注意这一点。"

多年以后，翻阅裴山山的书，如是一段话扎了我的眼："我的字经常被父亲批评，说我写得潦草，而且由字批评到做事，说我马虎。所以我给父亲写信，总要更规矩些，包括信封。父亲认为在信封上一定要写某某同志，不管这某某是你爸爸还是你妈妈。因为父亲说，信封上的字是给邮递员看的，写上'同志'方便邮递员称呼：某某同志，你的信。"

此时，父亲刚刚病逝，而爷爷也已去世七年有余。不过即便他们在世，或许我也不会以之为证据，与他们争辩的。

今天的我，已不再写信了。

2015年秋，父亲脑溢血病愈后，我忽然有种时不我待之感。当时我判断，上苍大约会给我三年时间，来为他做点什么。

因此，2016年12月，当应约整理完1996年的父子家书，投稿给赵瑜时，我提出了一个不情之请，希望若可刊登，烦请他建议《天涯》编辑部，尽量安排在靠前的时间，以便父亲能早日见到自己的名字与文字在刊物上出现。

随后，我又整理了不同年份的家书，先后发表于《青天河》《美文》《大观》等刊物。这些，父亲在生前皆曾过目。

父亲的毛笔字很好，硬笔字自是不差。他开出的处方龙飞凤舞，不过除了专业的药名，倒并不难认。他写的家书，也是如此。想来，这也是爷爷训教的成果。

说起来，早在1987年，父亲就在空白处方上给我写过信。

那年，经父亲联系，我转到教育质量较好的另一所中学上初二。那时他担任磨头卫生院小庄分院院长。离家远了，我便与他住在他的办公室兼宿舍里。中餐与晚餐可以就伙儿，早餐却只有自己想办法了。很长一段时间，他都是早上起来，烧开水，丢两块方便面，放点作料与香菜，为我们准备早餐。

有时出诊或回家，父亲便会给我留一张便条，告诉我他的去向，交代两句我应该注意的事项。比如，1987年10月18日上午九点，他写道："国兴：你外祖父母都在咱家，你晚上可回去见一下。二位老人来一趟不容易，没见着你这外孙很寂寞。香蕉是他们捎给你和你姐姐的。"

这些字纸，可谓其后那十年家书的前世，现在我仍保留着。

经统计，往来家书中，1993年有三封、1994年与1996年各有一封遗失，除去写在处方、样报、信封等上面的短笺，目前所存，父亲所写为七十九封，儿子所写为九十四封（其中，1994年及2000年各有一封残缺），总计一百七十三封。

各年度情况如下：1992年，父一封，子一封，计二封；1993年，父四封，子六封，计十封；1994年，父六封，子十一封，计十七封；1995年，父十一封，子十七封，计二十八封；1996年，父十九封，子二十封，计三十九封；1997年，父十五封，子十八封，计三十三封；1998年，父十三封，子十二封，计二十五封；1999年，父五封，子四封，计九封；2000年，父四封，子三封，计七封；2001年，父一封，子二封，计三封。

家书录入整理之初，我曾征求父亲的意见。他在支持之余，又表示，由于当年只是私下交流，如今公开，有些地方还是处理一下为好。

这也是我的本意。所以，最终确定的整理原则是，化名其中提及的部分人物，删去涉及个人隐私的部分语段。为便于阅读，修改双方的笔误，以及不合当下规范的字词。在此基础上，最大程度呈现家书的原貌。旁白素材，多源自同期日记、书信、习作，原汤化原食。

感谢云从龙，他的理念与实践，给我滋养与砥砺；感谢梁小萍，她最早建议我整理家书；感谢赵瑜，他让我"柳暗花明又一村"；感谢刘玲、庞洁、张晓林、陈珩，他们先后促成了我的心愿；感谢时祥选，他促使我对家书进行深加工，并寻求出版；感谢连俊超，他审校了书稿；感谢李恒，他编辑《贩书记》的思路，让我确立了旁白的主题。

"生活总有文字除不尽的余数。"在谈到文字的局限性时，刘齐先生说。

具体到家书，显而易见，仅凭家人的智慧，尚不足以让我应对整个人生。幸运的是，经由阅读与思考，我找到了一条通往内心的幽静道路。

写信即写心。虽然纸质书信时代已渐行渐远，人们的交流方式也在更新，但今日年轻人面临的问题，与二十年前相比，并无太大改变，仍需用心面对。而这，也是我出版昔日父子家书的根本原因。

谨以此书，感恩父母与家人。

谨以此书，献给每一位用心生活的人。

2017年11月3日

附：

父亲家书选段

事关书信

关于你的来信，在文风上太啰唆，篇幅太长。这在你们中学生时代是免不掉的通病。一封家信，应主题突出，简而明之，一目了然。以后写信、写文章要注意。不过，我在文学方面缺乏研究，一生致力于研究医学，欣有一技之长，为民解除痛苦，济世救人。虽不是菩萨，可有慈悲心肠，普度众生，救死扶伤。（1992年5月6日）

今年农历腊月十八，是你爷爷的七十大寿，你若不能参加，要来信向他老人家祝福，以慰老人心。当前，在经济上你是不能有所表示的，但以后能挣钱时，大把拿钱并不比现在一封慰藉之家信的作用大、效果好。（1993年12月11日）

国兴，你妈妈对你写信没有问候她，表示有点意见。再寄家信时，要注意带一笔。要理解你妈的心啊。天下父母，最疼爱儿女，其实并不对你们有过高祈求。正如你所言，考试好，完成学业，才是对老人们的安慰。（1994年6月10日）

本次来信没有问候你的爷爷与妈妈，以及姑、姐、哥、嫂，你不觉得你的信中缺点什么吗？要知道你每次来信，全家上下都传阅，有时还不止一遍。说明家乡父老时时都在关注着你，为你能有进步而高兴，为你在外奔劳而忧心。家在中国人的心中永远都是值得热爱的，你没有结婚前，应为有这个家而感到温馨。（1996年7月17日）

这封信，写得比较实际，比如月薪领了多少，怎样开销等。家里父母、你爷、姑、姐、哥、嫂都比较注重实际，不喜欢大道理说一通，却没有现实内容，这不好。你要知道，你一个人在郑州奋斗，家里是你的大本营和坚强后盾，你每前进一步都和这温馨的家分不开。当然，等你找对象、谈恋爱、结婚、成家后，我们才算对你尽心尽责了。至如此，还指望我们老有所靠、老有所养，由你及你的哥嫂们负责。这一点你放心，眼前我和你妈身体健康，爸爸每月有千元工资收入，以后退休，还有养老金，是不会拖累你们的。（1996年8月13日）

爸爸给你通过电话后，总觉得还有好多话要说，这种心情是在电话里表达不了的。过去俗话说，"为人怎能无信"，这是指信用。其实你我父子间很多心里话，或是说思想感情上的东西，大多都是通过信件来传递的。书信往来，传递信息，交流感情，倾心吐胆等。还是提笔书写一番，方解悬念。让信件为我们架起思想互通之桥梁。（1997年11月22日）

事关成长

学生的任务是学习，收获是成绩。"沉舟侧畔千帆过，病树前头万木春"，人生旅途自然也是这样。你是二十岁的年轻人了，风华正茂，血气方刚，正是学知识、练本领、步入社会的好时机，只要学有成就，管什么一人一条船，越少越尊贵。"愚者千虑，必有一得"，这一得之功，可能决定终生。（1994年3月26日）

你的来信，谈到了一些对事物、人生、前途的认识，爸爸同意你的看法，只是需要加强口才锻炼、人际交流。所谓老练、诚实，更主要地体现在为人处事中。人生几十年，要想在社会上得到人们的承认，是需要有点真才实学的，是需要真正做出点事迹来的，哪怕是只有一项精，就能天下行。俗话讲得好，"一招鲜，吃遍天"嘛。（1995年3月25日）

人生观、苦乐观、审美观，是社会存在的客观事物在人们意识形态领域里的反映。人的一生，呱呱坠地，先哭后笑，说明来到这个世界上，并不是一帆风顺的。要有吃苦耐劳的精神，要有上天揽月、下海捉鳖的勇气，要干事业，要有敬业精神。（1995年6月20日）

你的"苦不苦，累不累，看看革命老前辈"的观点是对的。天上不会掉馅饼，西北风也不会把钱吹到腰包中。刚开始工作，工资低点不要怕，通过自己的努力和拼搏奋斗，工资会从少变多的。曾经在"大跃进"前后我每月工资十八元，"文化大革命"前后三十二元的工资我拿了十六年，但现在我每月工资在一千元左右，这不能不说是翻几番的变化。（1996年5月10日）

处理人事方面的事，也是很使人费心思的。正如你信中所言，对你的下属、同事，又怎能很严厉呢？每日都在一起相处，过于威严非但不能管好，反而还会出现人际交往的不协调，或冲撞，或分裂。要知道，没人办事任务怎能完成？！要记住，在人际交往中，以诚待人，对上对下，都要如此。下级办事有差错、出事故，只要认识了，自己要挡一挡、担一担，尽量为她们护着，这样她们才会放心大胆地去干事情。这方面，想来你会处理好的。（1997年8月22日）

就如你信中所谈，一定要抓好新去人员的素质，不能光凭感情办事，要看实践。一个人说得再好听，等于零，要在实际工作中去检验每个人、每件事。相信你能处理好有关人事。记住，对上，一定要使你的上司对你满意；对下，要抓好你身边的主要骨干！一道篱笆三个桩，是很有道理的。（1997年12月10日）

一年一度的春节已过，过去的一年是我们取得不少成就的一年。虎年是你的本命年，一年之计在于春，春天你又去参加了北京的全国性会议——北京图书订货会，这将使你得以锻炼、开阔眼界、增长见识，因为这些生活知识、人际交流，在书本上读不到、学不来，只有你亲身去体验、去参与、去总结，方能提高。（1998年2月13日）

事关生活

要节约花销，因为还没有挣到钱。就是能大把大把地挣钱，也要注意节俭。勤俭是我们的传统美德。要把钱用在最需要的地方，换句话说，用较少的钱办较大的事。不反对你借钱给别人，但要量力而行。不要"相望两为难"！（1995年6月20日）

今年你二十一岁生日，你的妈妈和大哥赴郑共庆，为你祝贺。二十一年来，你从呱呱坠地，到背上书包上学，通过十几年寒窗苦读，大专毕业，然后步入社会，参加工作。现在只可以说学业已成，要想名就，还须勤奋工作。这次你妈你哥从郑回来，对你不注意修饰衣着，感到不妥。脏乱、不注意个人仪容仪表，是很不好的，首先会给人一种寒酸的感觉。要潇洒大方，仪表堂堂。希你注意个人形象。有钱花吗？（1995年7月26日）

戒掉一些有害的嗜好和欲望，如戒烟，也是看你的意志和决心。老舅和我都吸烟几十年，现已戒掉。别人问及戒烟的奥妙时，我的回答就两个字："不吸。"关键是决心、毅力。家里父老都相信你。（1996年3月7日）

天然商厦，自然是郑州市乃至河南省的文明窗口。天然虽遭大火之灾，但或许会应了你奶奶在世时常说的"火烧财门开"这句俗话。你能到天然，也是你的缘分，要十分珍惜眼前，好好工作。注意领工资后，买两身衣服包装一下自己。要知道，人是衣裳马是鞍，注意自己的仪表，会给人一种潇洒大方、一派干事业的年轻小伙子的印象。因为你的周围不是面朝黄土背朝天给土坷垃挡阴凉的农村小青年，环境和氛围要求你要武装自己。啰唆半天，把一个大学毕业的知识分子的儿子，还当一个不懂事的孩子去交代、去吩咐，有点多心了。不过，天下父母心，以上这些也是你爷爷、妈妈的一番心意。（1996年5月10日）

看了你的工作环境、工作范围、服务对象、人员安排等，我和你妈都放心了。只是你英俊的脸，显得消瘦了些。需多食些高脂高糖高营养食物，体重要增加五至十公斤。这次从你处回来，你妈说：忘了问国兴，他姐给他织的毛裤，去秀珍那里拿回来否？一场秋雨一场霜，一阵秋风一阵凉，眼下已进入冬季，要注意增添衣物，保暖防冷，注意感冒。（1996年11月13日）

爸爸太粗心，把你的生日给忘记了。祝你二十三岁愉快、健康、进步！爸爸太忙了，7月没有休息一次，以致血压升高，被迫休息三天。你爷爷、妈妈，地里、家里，忙里忙外，几个子孙，几多操心。看到你在人生旅途上扬帆奋进，自感安慰。这也算你对家人的报答吧。希望你能在郑生根、发芽、开花、结果。（1997年7月25日）

关于你们同事的肝炎事，也不必大惊小怪。如为甲型肝炎，正规治疗一至三个月，即可恢复正常；如为乙肝，则需较长的治疗时间。过去有句顺口溜说，"肝炎肝炎，治疗三年"，即对乙肝而言。乙肝的最大趋向是转肝癌。在人们谈癌色变的今天，其更具威慑力。"精神原子弹"一旦炸响，人们即成病态。你说呢？这个方面，同意你们找卫生防疫部门，打上一个疗程的乙肝预防针，增加肌体的免疫力。要知道，有些人终生都会携带乙肝病毒但并不发病，这就是说，只要个体免疫力强，即会抵抗病毒入侵。有关乙肝抗原抗体在医学临床上的意义一表一并邮给你，供参考。（1998年5月19日）

从郑州市第五人民医院的检验报告单上看，乙肝化验正常，两对半均为阴性，预防接种（打乙肝预防针）之后就可以放心了。不过乙肝预防为"0.1.6注射法"，即：第一针为现在，隔一个月注射第二针，隔六个月注射第三次（加强），才算完成全程预防注射。另外，注射乙肝疫苗分10vg、30vg等含量成分，既然要打，就要打含量大一些的。登高、晓宇、向前等均打过了，为10vg的。你们人在外，但愿身体健康。（1998年6月5日）

事关婚恋

信邮来后全家老小都要过目阅之。这封信中提到的感情问题，尤其是那个她，大家都觉得，你再来信时一定要写详细点，我们可以参谋参谋，或品评一下。需要提醒你的是，不要想入非非，也不要不切实际，要用理智来对待情感，实事求是地对待婚恋，结婚以后才能更幸福，生活才能更甜蜜。选对象不但要外表美，更要心灵美，通情达理。你能帮助她，她能支持你，就好。关于这些，不再赘述。（1997年3月20日）

成长课

爸爸以及家里人同意你在婚恋方面所持的务实态度，选择对象的先决条件，不是看人长得多漂亮，关键是要心里美。一个人能事事处处关心别人，能体贴人，知书达礼，这就足以使你去接触、去深谈、交朋友，以及恋爱。这里要提醒你的是，慢慢来，好事多磨，性急吃不了热豆腐！要注意对象的态度，因为这事在年轻人中的通病是单相思，这种苦头是非常有害于人的。婚姻是两厢情愿的事，单方面热热乎乎，到头来只能是竹篮打水一场空！（1997年10月26日）

小牛姑娘比你小两岁，你们有心通过恋爱结为百年之好，这要求你在生活、工作、学习、感情等多方面对她予以照顾。我和你妈成婚后，几十年从没有红过脸，更不要说吵架、打架等不文明行为了。当然，男人女人都有思想、有主意、会说话、懂感情，意识形态领域的种种认识，随着长期生活实践会逐渐融洽，或者分道扬镳。关于个人感情方面的事，这封信爸爸不准备往更深层次去探讨。你读过大学，在唯物辩证法方面自然比我强。（1997年11月22日）

结婚了，家庭建立了，夫妻之间要互相帮助，互相尊重，遇事共同商量，处理好各方面的关系。家庭生活是锅碗瓢勺交响曲，开门总少不了米面油盐酱醋柴。俗话说得好："酒肉朋友，米面夫妻。"看似平常，过好日子却不容易。现在年轻，好好工作，努力挣钱，以后可以考虑在郑州买套属于自己的

房子。票子、房子、儿子都要有，才能站住脚，图发展。（1999
年5月7日）

　　家里的情况，国兴应当给桂玲介绍一下。孩子们个个欢
乐如马、健壮如牛，学习成绩一个比一个好。暑假前考试，
晓宇五门功课四门优一门良，向前、苏豪两门全优，登高、
丹丹均为优良。几年十几年后，我们家将又要出几位大学生，
甚至是国家名牌乃至世界名牌大学的大学生。孩子们学业蒸
蒸日上，老人们老当益壮、身体健康，全家和睦共处，家和
万事兴。所以，别人没有的我们有，别人有的我们也将会有。
只是，想到你们的孩子，你爷、你妈和我都有点想得慌。过
去俗话说："三十没儿心中想，四十没儿老街嚷。"趁年轻体壮，
养个儿女也是应该的。请你们三思。（2001年7月6日）

升学记

家长的小升初

"商女不知亡国恨，天天都在玩手机。"

"日暮乡关何处是？谁能借我电话用。"

五年级下学期期末，儿子马骁所在的辅导机构组织了一次重点中学小升初模拟考试。卷子返回来，看着语文试卷他的古诗词默写作答，我与他的妈妈牛牛都傻眼了。

牛牛说："我看你不是姓马，你姓牛！我要是评卷老师，就把你的卷子给撕了！"

马骁说："我们老师说了，考试时，遇到不会的题也不能空着，说不定瞎猫碰上死耗子，蒙对了呢。"

我说："人家说的是选择题吧。考试不仅考你的知识与能力，也考你的态度。从这两道语文题来看，你这两方面都不过关啊。还有这道，刘备'三顾茅房'？"

马骁说："'庐'字一时想不起来怎么写了。"

"那写拼音也行啊。"

"我想着在这儿学的是数学，数学卷子认真做就行了。"

"以后每次考试每门课程都得认真！"

此时是2013年6月，距离马骁真正的小升初择校考试，还有整整一年。

"小升初"，是小学升初中的简称。小升初择校考试，与初中升高中的中考、高中升大学的高考，并列为中国中小学生的三大考试。

小升初原本是求学路上最不起眼的一个环节，可是由于现有教育资源不平衡，每位家长又都希望孩子能够接受最好的教育，为将来的中考、高考打好基础，所以小升初择校考试愈来愈热。以郑州为例，根据学校的不同，小升初择校考试的录取比例在二十比一至五比一之间。当然，由于初中三年属于义务教育阶段，按照国家相关规定，小升初施行免试就近入学政策，未参加择校考试或参加择校考试而未被录取的学生，同样会进入家庭住址附近的公办初中学习。

小升初择校，选择的是民办学校，更确切一点说，选择的是民办名校。

在马骁六年级之前，小升初对我们来说，宛若一个遥远的传说；同事所说的名校简称，让我们如坠云雾之中。后来，经由询问过来人、潜水小升初论坛、查阅辅导机构编印的资料，我们才对各个学校有所了解。

根据郑州市民办教育专业工作委员会发布的信息，2014年，郑州市市区内，民办初中为三十五所。其中，有一些原为公办学校的初中分校，与总校共享师资，改制为民办后，校名与总校都有着千丝万缕的联系。比如河南省实验文博学校之于河南省实验中学、郑州枫杨外国语学校之于郑州外国语学校，校名是总校校名的修订增补；又如郑州惠民中学之于郑州市回民中学、郑州新奇中学之于郑州市第七中学，校名与总校校名谐音；还如郑州市金水区经纬中学之于郑州市第八中学、郑州市二七区兴华中学之于郑州市第五十七中学，校名取总校所在街道名字。

这些民办学校，就是家长眼中的名校。

现实生活中，为了交流方便，人们习惯简化名词，随之形成不同的亚文化圈，使得身处其外者，难以理解与进入。在郑州小升初家长圈里，流传着一些名校缩略简称，"文博"即河南省实验文博学校，"枫杨"即郑州枫杨外国语学校，"实验外国语"即郑州实验外国语中学，"桐柏路一中"即郑州中原一中实验学校，等等。同为名校，在家长心目中也分三六九等，这四所初中皆属一类名校。

2014年春节前，试听了某辅导机构语文老师的讲课后，牛牛觉得很好，和我商议，为马骁也报个语文班。

语文还需要报辅导班？在我看来，语文基础知识与素养，比如识字写字、成语运用、仿写句子、背诵默写、名著阅读等，主要在于平时的积累，靠突击是不行的。而现代文阅读理解与写作更是如此，比拼的是之前读书的广度、深度与灵活度。

这些，马骁是有优势的。

马骁上幼儿园时，园方请了一位教育专家给家长讲课，其中谈到培养孩子阅读兴趣的方法。专家说，当孩子从外面玩耍回来敲门时，家长应该顺手拿本书，稍等片刻再开门，然后向孩子解释，自己正在看书，所以开门晚了，以此吸引孩子"上路"。

我当时听了，暗笑，自己是不必如此作假的。我不是藏书家，不过这么多年来，也买了不少书，家里的三个书架满满当当，而读书，早已成为我生活的一部分了。马骁不识字时，我们每夜陪他读书，给他翻来覆去地讲故事，比如几米的《月亮忘记了》。某夜，正睡着，他忽然翻身起来，推醒我："爸爸，你说，月亮从天上掉到水里，屁股会不会很疼？"

后来，他能独立阅读了，我们就各看各的，各得其乐。

小学三年级时，马骁写了一篇作文《我与妈妈的"战争"》，曾刊发于2011年第12期《新作文》杂志。转引于此：

> 太好了，又是周末，我可以大过书瘾了，谁也别想阻止我。
>
> 晚上八点，我就开始看书。才看了一个小时，妈妈就让我去睡觉，因为明天上午还有象棋班。没办法，老妈的话就是圣旨，不过，上有政策下有对策，我假装脱了裤子准备睡觉，等妈妈一走，就赶紧开始看书。没想到，老妈杀了个回马枪，见灯开着，便要进我的房间，我听

到响动立马又假装睡觉。妈妈没有抓住现行，只好关了灯，走了。我得意极了，以为骗过了老妈，于是乎开始光明正大地打开灯，看起了趣味十足的书，没想到，姜还是老的辣，妈妈又来了。啊！后果可想而知。

"战争"总是要付出代价的。十岁时，马骁就戴上了眼镜，如今，双眼近视均超过四百度。

牛牛对我的分析不以为然，认为语文班老师讲课风趣幽默，紧扣试题，实用性很强，而马骁读书浮皮潦草，也不像我一样做笔记，结果考试闹出了刘备"三顾茅房"的笑话。她问我："你还记得'商女不知亡国恨，天天都在玩手机'吗？"

沉默了一会儿，我对她说，过年以后，我每天抽出一个小时来辅导马骁。

2014年2月17日，马氏语文正式开课。

其实没有那么严肃，互动聊天而已。

正餐前有甜点，讲读根据民国老课本辑录的《日课2014》，一日十课。"日课"内容对于十二岁的马骁来说，浅显易懂，唯有某些繁体字是个阻碍，我略做讲解标注：

"農"是"农"的繁体字。爸爸在学生时代喜欢文学，曾为自己起了个笔名——"曲辰"，就是拆解"農"字而来。

"風"是"风"的繁体字。有个作家叫蒋勋，他在《舞动白蛇传》里说："有些地方的人把蛇叫作'长虫'。'风'这个汉字古体里也有'虫'。风是一种虫吗？"

"愛"是"爱"的繁体字。现在除了新加坡和中国内地保持一致，其他地方的华人使用的都是繁体字，也叫正体字。不过，王文兴先生认为，简体字也是正体字，因为简体字是从古代的草书里面演变借用过来的，每个简体字都不是发明的，都是有历史、有道理的，只是现在把以前不是正式的文字正式化、标准化了。

第一课讲缩句。一句话，主谓宾是骨，定状补是肉。缩句即找出中心词，即剔肉余骨。剔肉必先见肉，可在"的""地""得"前后找，"的""地"前与"得"后，多有定状补附着。学会这一点，将来写作时，可以使行文更干净更准确。

第二课讲成语。讲了东施效颦、邯郸学步、刻舟求剑、守株待兔、掩耳盗铃等几个成语故事后，我问马骁："这几个故事的主人公有什么共同点？"

他想了一会儿，回答："都很傻，很可笑。"

"对。现在的人也有这毛病，还经常犯两三千年前古人的错误。这本《成语故事》可以说是傻瓜大全，你认真阅读后，把相关的成语整理出来。"

第三课讲相声。相声分为单口、对口、群口三类，对口相声有逗哏、捧哏两种角色，群口相声又叫"群活"，逗哏、捧哏之外，还有腻缝的角色。简单讲了两句，上网搜索苗阜、王声合说的《满腹经纶》，点击观看。知识密集、包袱不断的节目看完后，我至少可以确信，马骁今后不会将"忐忑"念作"上下"，也不会写错这两个字了。

虽然我天马行空，讲得既不系统，也不深入，可几天下来，依然疲惫不堪。牛牛也觉得我的语文课太飘，建议我围绕试题来讲，尤其是马骁做错的题。于是，我调整思路，先从论坛下载小升初语文题，让马骁做过后，再予以讲评。

"'三苏'可不是苏轼、苏东坡、苏洵，苏轼和苏东坡是同一个人，而且苏洵是苏轼的爸爸，虽然文学成就不如儿子，但最好把人家放在前面。'三苏'是指苏洵、苏轼、苏辙，其中苏洵是苏轼、苏辙的爸爸，苏轼是苏辙的哥哥。你看，爸爸的名字偏旁是'三点水'，而兄弟两人的都是'车'字旁，知道这一点就不会弄混了。他们三人，就好比你大伯马国正和他的两个儿子马登高、马向前。"这么说，马骁就有直观印象了。其实，我想拿我与他作比的，可惜他是我们的独生子。

"'三苏'都属于唐宋散文八大家，不过苏轼在诗词方面的成就也很高，他最有名的一首词是《水调歌头·明月几时有》，词前有小序：'丙辰中秋，欢饮达旦，大醉，作此篇，兼怀子由。'子由就是他的弟弟苏辙，苏辙字子由。"我搜索并播放王菲的同名歌曲，"古代诗词都是可以吟唱的，这是当代人作的曲，宋朝时肯定不是这么唱的。"

"你看，有网络查东西多方便。上网不仅仅意味着玩游戏，希望你'穿越火线'之后，也能利用网络拓展视野。"我对马骁说。

"睡不着？我给你出道数学题吧。"某夜，牛牛对我说，"小红见到一位白发苍苍的老爷爷，她问老爷爷多大年纪了，老爷爷说：把我的年龄加上十用四除，再减去十五后用十乘，结果正好是一百岁。请问这位老爷爷多大年龄？"

　　"这老爷爷真是奇葩。"我说，"现实生活中有这么说话的吗？出题的人简直有病。"

　　"你说得轻巧。这可是每个参加小升初择校考试的学生都必须认真对待的题。"

　　"那我也给你出道小升初语文题。'沧桑世事见天壤，唇齿衔环今古情。缘木守株贻笑柄，枕戈尝胆赞英名。七擒三顾效汗马，八斗五车能点睛。投笔击楫钦裹革，移山填海尚鹏程。'请问这首《典故杂吟》中，'缘木守株贻笑柄，枕戈尝胆赞英名'用了哪些成语典故？"

　　"别打岔，你还没回答我出的题呢。要不换道题。在浓度为百分之四十的酒精溶液中加入五千克水，浓度变为百分之三十。请问再加入多少千克纯酒精，浓度才能变为百分之五十？"

　　"真够折腾的。还是我给你出题吧。'东西三水桃花红，官场儒林爱金瓶。三言二拍赞古今，聊斋史书西厢镜。'请问这首诗中包含了哪些中国古典文学名著？这道题简单，在郑州三联书店工作时，这些书你都经手卖过。"

　　"算了，都睡吧。"

　　马骁六年级下学期时，我们一家才算真正进入小升初的状态。

牛牛每天泡在小升初论坛上，不断发帖挣"金币"，再以"金币"兑换下载模拟试题，打印后，带着马骁一起做。孩子睡了，她还在琢磨数学题，有时也会拉上我一起攻关。我劝她，把孩子引上道就行，别把自己弄得走火入魔了。她却说，附有答案的还好说，没有的，自己又不会，怎么给孩子讲？我说，鼻子底下长着嘴，让他问学校老师。

转天放学回来，马骁一脸失落："我们数学老师说了，这是奥数题，她也不会，让我请教别的老师。"

不知道她是真不会，还是假装不会。那就回头问问辅导机构的老师吧。

马骁说："从这学期开始，不断有同学下午请假，去上各种辅导班。最多时，班里有三分之一的座位空着。"

我们问："班主任也准假？"

"准啊。下午不讲新课，一般都是自习。"

其时，辅导机构的小升初名校定向密训营、小升初名校冲刺精品班、小升初名师点睛班、小升初考前押题班等招生正风生水起。我们认为这是辅导机构最后的疯狂，未予理会。马骁依然只是上着从四年级下学期开始的数学班，以及从五年级上学期开始的英语班。

当然，所谓数学班，其实是奥数班，因与国家政策不符，辅导机构皆避讳此名。马骁对数学有兴趣，所以乐此不疲。2013年与2014年，他先后参加了两届"华罗庚杯""希望杯"

比赛，成绩一般，只是获得了第十一届"希望杯"全国数学邀请赛五年级三等奖。

马骁一上小学，牛牛就辞职在家了。这倒不是我们对孩子的学习多么重视，而是双方父母皆无法来城市生活，我们又不愿让孩子去午托班，不得已而为之。马骁报了数学班以后，起初，牛牛坐在教室里陪读，回来再和他探讨解题思路。不过，随后她就三天打鱼两天晒网了。

从2014年元旦以来，牛牛参加了几次辅导机构组织的名校见面说明会。眼见家长之多、之癫狂，她压力甚大，回来检讨自己付出的太少，不像别的家长，与辅导机构的老师密切互动，全程陪读并做笔记，回家还加练各种试题。

她说："郑州市牛娃太多了，小升初时，还有省内其他地市的牛娃。我看，马骁……"

我说："马骁在我看来也是牛娃。不要妄自菲薄。"

"你是妄自尊大，井底观天。回头你去一次名校见面说明会就知道了。"

"认识你自己！"对小升初择校的家长与学生来说，这是首要的。

每一年，郑州市民办教育专业工作委员会都会提醒家长："在选报民办学校时，要对孩子的性格特点、选报学校的教学理念和办学特色、家庭经济状况、学校与家庭的距离以及综合素质评价时间综合考量，选报适合孩子未来发展的学校。"

在郑州市市区内的三十五所民办初中里，每学年学费最低的是三千元，最高的是三万两千元，多数为七千元左右。你的家庭经济状况并非与所有学校相适应，仅此一条，就会删除不少备选学校。有一次，牛牛骑着电动自行车，到某名校探听招生情况。远远看见校门口附近停了不少豪华轿车，家长们或互相交流，或围着学校门卫咨询，她连忙将车停在一旁，步行前往。回来她说，学校教学楼盖得很气派，不过收费也很气派，听说同学间攀比风很重，这个就算了吧。

说起来，学校的教学理念、办学特色都是虚的，无一不是高端大气上档次的话语。比较实在的，是学校有无住宿的条件，以及学校与家的距离。后来我参加了一次名校见面说明会，三所学校的老师先后登场，各执一词。寄宿制学校的老师说，孩子可以在课余时间加入校内各具特色的兴趣班，而且有更多时间参加丰富多彩的体育活动，"要知道，中考体育加试目前是五十分，将来有可能提高到七十分"。没有住宿条件的学校老师则说，教育应该遵循孩子身心发展规律，孩子在初中阶段进入青春期和逆反期，心智并未成熟，在孩子的情商和心理发展过程中，亲情显得尤其重要，"走读有利于孩子和父母之间的感情交流，使孩子顺利度过心理断乳期"。征询马骁的意见，他不愿住校，好了，又减少了一些纠结。

从2013年开始，郑州市民办初中招生施行统一时间节点、统一评价内容、统一录取方式的"三统一"原则，学生与家长不必再像往年一样，从年初开始，在双休日奔波于十几乃至数十所学校的考场，但也因此只剩下报考两所学校的机会，所以，各所学校的考试时间安排，也会决定你的抉择。除了文博，马骁原先还心仪桐柏路一中，但后来由于其考试时间与文博冲突，只得割爱。

当然，上述只是外在的因素，关键在于孩子自身的实力，以及他在全市乃至全省小学毕业生中的位置。虽然对马骁我是乐观的，牛牛是悲观的，但之前我们对他这一点并不了解，只有一个"聪明却马虎"的印象。在学校，他并不突出，成绩一直在中上游，最好的名次是全班第十二名。然而，学校成绩与排名对小升初择校来说，并不具有参考意义，因为这一关不是一班一校的对决。

2014年3月底，马骁第一次参加了某辅导机构组织的小升初排位赛，总成绩是一百四十六点五分，在两千余位参与者中，他位列第四百九十七名。根据辅导机构的建议，他可以报考三类名校，但原来钟情的一类名校怕是水中望月了。结果出来，我们心里有了底，不像我想的那么好，但也不像牛牛想的那么糟。

我们对马骁说："你看，你与五个人同分，假如多半分，又与十六个人同分；你的同班同学只比你多了八点五分，却排在第三百五十六名，比你高一百四十一名，残酷吧？人家老师也说了，考入名校还有其他因素，最后三个月，一切皆有可能。加油吧！"

两个月后，马骁又参加了另一个辅导机构组织的小升初模拟考试，在五百余位参与者中，他位列第一百零八名。不久，此辅导机构组织了一场名校见面说明会，在三所学校的老师走后，辅导机构的校长说："不要怕报考人多，人多炮灰多，许多人就是打酱油的。"他建议，在最近这次考试中，前一百三十名的学生可报两所一类名校，一百三十一到三百名的可报一所一类、一所二类，余下的就只能报两所二类了。

如此说来，马骁可以报他理想中的学校了。想想也是，肯定有很多家长盘算，反正报考不用交费，未被录取的话，还有"相对就近"的公办学校等着，那就为民办初中招生捧个人场吧。

5月12日，郑州市民办教育专业工作委员会公布了2014年市区民办初中综合素质评价时间表：6月5日前，各招生学校要公布综合素质评价时间；6月14日至18日，接受小学毕业生自愿报名；6月28日下午三点至五点或6月29日下午三点至五点，按照之前选择时间进行一次性综合素质评价；7月7日至9日，通知到每一位预录的学生和学生家长；7月12日至16日，接受已被录取的学生和学生家长办理交费入学相关手续。

6月4日，郑州市民办教育专业工作委员会公开各学校收费项目与标准、报名地点、评价时间、招生咨询电话等信息。

最终，我们为马骁确定了两所学校：文博、枫杨，并随后加入了冲刺两校的家长QQ群。

在公布市区民办初中综合素质评价时间表的同时，郑州市民办教育专业工作委员会还确定了统一评价内容——

> 综合素质评价包括小学生综合素质过程性评价和小学生综合素质阶段性评价两项内容，并以小学生综合素质过程性评价为主导。过程性评价以小学生综合素质评价手册为主；阶段性评价淡化知识记忆性评价，强化综合能力和发展能力素质评价，侧重阅读与欣赏、思维与应用、科学与社会、品质与能力等综合素质评价，要符合小学生认知发展规律。评价不得有"奥数"内容，严禁"奥数"与升学挂钩。

当即，小升初论坛与家长群热闹起来。

"高深的政策语言令人抓狂。"

"换汤不换药，文字游戏而已。阶段性评价就是考试，而且还是各所学校自主命题，阅读与欣赏等于语文和英语，思维与应用、科学与社会等于数学和奥数，品质与能力等于面试。严禁评价中有奥数内容，等于没说，如果学校想选拔优质学生，数学不考奥数就拉不开层次，更何况，界定奥数是件难事，没人能给奥数下定义，什么题属于奥数题，也没有明确特征。"

"看透别说透，还是好朋友。教育部有明确要求，小升初招生，公办、民办学校均不得采取考试方式选拔学生。也真够难为市教育局的工作人员了。"

　　　　　　　　　　　　　　　　　　　　　　写心

"公办学校就不说了，凭什么不让民办学校采取考试方式选拔学生？不通过考试，光凭面试选择学生根本不靠谱，名校报名的学生哪个不是成千上万人，几天时间面试得过来吗？"

"查阅郑州最近三年中考成绩，每年全省考入三甲高中（郑州外国语学校、郑州一中、河南省实验中学）的毕业生，百分之八十以上来自初中民办名校，而且这些学校的优秀毕业生也基本占据了全市中考成绩前一千名。不会有人眼红想拆台吧？"

"目前来看，考试还是相对公平的选拔方式，否则那些普通家庭的孩子想上好学校更难。如果取消考试怎么录取呢？拼钱、拼爹、拼关系？"

小升初，让有心的家长都成了千里眼顺风耳。

实际上，在民办学校考试前后，一些公办学校也在为自设的各种名目的重点班招生。当然，为了不违背上级精神，学校多委托辅导机构代为考试。如果孩子不上辅导班，家长也不关注小升初论坛，自然无从得知这些招考信息。

马骁也赶场参加了几次这样的考试。

5月某日，某校来电，通知马骁已被录取进入网络实验班，初中三年学费全免，不过要求家长次日到学校交纳网络使用费三千元，过期不候。这是小升初过程中接到的第一个录取通知，我与牛牛自然高兴，但由于志不在此，决定放弃。

然而，马骁却闷闷不乐，他说："群里家长都说了嘛，往年交费的学生考上别的学校后，这所学校会退费的。"

　　我说："退不退费不是关键，大不了咱们不要了。就怕人家提前调走学籍，将来你考上别的学校，也因此上不成，麻烦无穷。"

　　"我想着有这所学校保底，心里不慌嘛。"

　　"当初咱们的本意就是经经场练练手，只当找套免费的卷子做做。现在证明你是有实力的，但咱们的目标更高，要破釜沉舟，不给自己留后路。"

　　"到名校我也是凤尾，显不着了。"

　　"你在这所学校就是鸡头吗？你能保证三年后还是鸡头吗？鸡不仅有头，还有身子，也有尾巴，不继续努力，鸡头也会变成鸡尾。凤也一样，即便你一时是凤尾，经过努力，三年后也可能是凤头。再说，无论去哪所学校就读，三年后，你和同龄人还会碰面，直接竞争。如果凤尾的成绩比鸡头还好，那就不如选择做凤尾。"

　　百般无奈，马骁接受了这个结果，不开心了好几天。为避免不必要的干扰，我们推掉了一些学校类似的招考。

　　小升初经历中，马骁参加的最后一次考试，是某大学附中组织的。7月6日考试，次日便张榜公布录取名单。我独自前往学校查看结果，他被录取了，在六十五人中位列第三十八名。与他一起应考的两个同班同学，一个也金榜题名，另一个则名落孙山。学校提示，被录取者家长须在第二天上午一次性交纳三年学费一万八千元，否则视同放弃。当时我已接到了文博的录取电话，感觉很不好意思，仿佛就是马骁的应考，将他另一个同学给挤下去了。

我掏出手机，想将榜单拍张照片，拿回去给马骁看。不料，一旁的学校老师马上横身挡住："严禁拍照！要不然，我就把它给撕了！"

6月14日至18日，郑州市民办初中接受全省小学毕业生报名。

第一天肯定人多，错过高峰再说吧。我这样想着，稳坐钓鱼台。论坛上、群里传来的信息果然如此，家长上传的照片中，人头攒动，排队蜿蜒。

此前两天，牛牛因故回老家了。当日来电话，得知我还没有行动，她语带责怪，催促我早点报名。

次日早上六点，手机闹钟把我从床上拽了起来。说实话，我定闹钟的本意是为了看球。打开电视，巴西世界杯英意大战，我眼前晃动的，除了鲁尼巴神，还有家长们的身影。索性带了相关材料，出门。

莫道君行早，更有早行人。文博的报名地点在河南省实验中学，还不到七点，我由东门入校，已有十余位家长在等待了。其中一位，头发花白，戴着眼镜，正在打电话，他扎了我的眼：难道是我的大学同学段贤军？摸不准，怕认错人，我只是招了招手，没敢喊出他的名字。

他也看到了我，挂了电话，对我喊："老马！你来得挺早啊。"

我笑笑："彼此彼此。"

人生何处不相逢。毕业十九年，我与他异地发展，再未联系，两个月前，同学聚会，才又相见。当日，他与妻子带儿子赴新郑龙湖的北大附中参加小升初考试，姗姗来迟。因为有相关信息输入大脑，所以我此日才有预判，若非如此，我怎么也不会想到是他。当时我没有料到，因为孩子小升初，我们会在随后一个月内三次见面：6月15日报名、6月28日陪考、7月12日领取录取通知书。

由于学校八点才开始办公，老师都没来，大家三三两两地聊天。

一位家长说，她是南阳市的，刚下火车，由于公交车还没开始运营，打的来的。大家评论，一切为了孩子，为了孩子一切，都不容易啊。心里话却是：就是你们这些外地考生的加入，使得郑州市区的小升初竞争加剧了。

一位家长说，她是为五年级的孩子报名的，不知道能不能报上，据说去年是可以的。大家评论，恐怕不行吧，何必让孩子这么早出来受苦？心里话：好嘛，又多一个竞争对手。

一位家长说，文博是他报名的第三所学校，而有的家长都报了五六所呢，准备到考试时再取舍。大家评论，看来各所学校的报名人数都是有水分的，到时候各个考场肯定都坐不满。心里话：应该为每位学生建立诚信档案，各校共建共享，弃考者应当受到惩罚。

我和段贤军交流，得知他和我一样，除了文博，只为孩子选择了枫杨。

我说："我连枫杨门朝哪儿都不知道呢。"

他说："我有个朋友，昨天已为他的孩子报了枫杨，熟门熟路，一会儿他开车载我去报名。同去同去。"

6月28日下午，我和牛牛陪马骁赴文博应考。

校园内外，学生与家长摩肩接踵，人声鼎沸。各种机构循之而来，散发广告。有游学营吹响集结号：

"坑爹的考试结束了，给咱们的小英雄一个快乐而有意义的暑假吧！承前启后，为孩子的小学生活画上圆满的句号，让初中生活在这里扬帆起航！"

"这个暑假，我们要远行。这是你的毕业季，让我们一起来纪念！要玩耍也要学习，寓教于乐！给孩子制造一个充实快乐的童年回忆，且行且珍惜！"

更多的，是辅导机构的现实敲打：

"衔接班是必修课，乐在衔接，赢在起点。做好新初一衔接，提前一步，领先三年！"

"亡羊补牢，不是上策；未雨绸缪，事半功倍。为了明天的轻松，让我们今天行动起来。新初一尖端班，赢在起跑线！"

学生进入考场，家长们逐渐安静下来，三五成群，有一搭没一搭地聊着：

"论坛上有人发帖子，说有的家长报了五六所学校呢。"

"弃考的肯定不少。拿文博来说，总校九十六个考场，每个考场五十四人，分校五十一个考场，每个考场六十人，总计可容纳八千二百四十四人。我估计弃考的不会低于十分之一，有七千人应考就算不错了。"

"也不知道报这么多学校干什么，时间冲突，孩子分身乏术啊。"

"我们报了三所学校，除了文博，还有一所一类学校、一所二类学校。看今天孩子考的情况，如果出来喜眉笑眼，明天再冲一冲一类；如果愁眉苦脸，就只有去二类了。"

"好策略。我们怎么没想到呢？"

"不过，那些报五六所学校的，也有投机的心理。想着虽然媒体上公布的考试时间都是下午三点到五点，但也许有些学校会延迟时间，这也是想为孩子多争取一个机会。去年就有学校这么做，都想多招点优质学生啊。"

2014年郑州的小升初择校考试，没有学校临时更改考试时间。事后，我在论坛"考古"，发现一篇《惊心动魄的小升初经历》，提及去年此事——

今天还有一件重大的事，就是YZ（也是一流名校）为了和枫杨等几所名校抢生源，临时调整考试时间，改为下午六点半到八点半。这让所有家长都为之振奋，这就意味着，下午考试结束后可以赶上晚上的第三场考试，孩子们又多了一次考试机会。于是，场外的家长摩拳擦掌，分头行动，一人在校门口等着接考试完毕的孩子，另一人发动车子，准备冲刺。

考试五点结束，四点五十八分，几乎所有车辆都发出了启动声。然而，枫杨实在太负责任了，考试结束学生不能随意出场，必须按着考场顺序排好队伍，由引导老师带领有序出场，这就耽误了将近二十分钟。外边的家长心急如焚，因为枫杨离 YZ 还有相当一段距离，而 YZ 要求六点入场，保守算，只剩下四十分钟了，况且道路堵塞严重。终于，孩子们出来了，家长拉着孩子一路飞奔，嘴里纷纷叫着："快，快，来不及了！"我拽着儿子气喘吁吁以百米冲刺的速度奔跑，老公早已发动好车子随时待命。此时的马路上，家长们展开了一场飙车大赛，闯红灯的大有人在，我一边焦急着一边又不断提醒："安全第一，安全第一！"

然而我们还是晚了一些，赶到 YZ 门口时，乌压压一大片车子，实在走不动了。我已经等不及了，拉着儿子冲下车，直奔考场，留下老公慢慢找停车位去吧！同事小张没有去枫杨而是去了郑州中学，比我们距离还远，但是却比我们先到达。据她说，她老公简直不要命了，硬是在三十分钟之内赶过来了，一路上把她和孩子吓得半死。

升学记

因为大部分孩子都是从四面八方各个考场赶来的，有些相当远，所以大部分都来晚了，校方只好推迟开考时间十分钟。然而，接下来的事情让人终生难忘。因为这所学校属于临时改时间，就造成了不管有没有报考该校的考生都赶来了。有准考证的排着队伍入场了，还留下几百个没有报考该校没有准考证的，比如我们，由于只让选择两所学校，所以当初我们忍痛割爱，放弃了YZ，如今改了时间，我们也想再来考一次。几百个家长也跟我们有着同样的想法。其实YZ本身是有预备考场的，据说在五点四十分时也临时补办了一批准考证，但我们没赶上又想考，且人员太多，没有考场了，所以被拒之考场外。这下可翻天了，没有准考证的家长不干了，情绪激动：这严重不公平嘛，凭什么有的孩子能考三场，我们只有两场！群起攻之，一时间场面失控，家长们简直玩命了。校方一看要出大事，极力安抚，眼看已经开考将近十分钟，我们几乎崩溃，最后校方临时决定安排孩子考试。没想到，另一方有准考证的家长又不干了，几千人纷纷抗议，他们认为无论如何不能让我们入场，因为我们没报考。其实谁都明白，YZ只招收三百名学生，而报考的就有四五千人，我们突然又来了好几百人，他们的竞争就更强了。于是战局由原来的我们对校方转变为双方家长火拼，几千人呼啦啦把我们几百人包围起来。眼看要大打出手，保安全部来了，校方左右周旋。最后，

　　　　　　　　　　　　　　写心

双方家长的电话纷纷打到教育局，打到《都市报道》，打到各大报社……

唉，最终也没考成。熬了一下午，晚上又吵了两小时，筋疲力尽。儿子看着我，满脸惊恐与迷惑。我看着没进考场的那些小家伙，很心酸，他们在枫杨激战了两个多小时，又满怀希望奔赴这里，却没进考场，他们也很丧气！

文博考场外，我与牛牛邂逅了多年未见的书店同事。一聊才知道，他的儿子和马骁居然是同班同学。

小升初的魔棒一挥，原来隐身的我们都现形了。

前同事指着散落各处的家长，说："我估计应考的学生里，有一半是外地的。"

我说："外地孩子来得再多，也多不过中、高考。今天不交锋，三年六年后也难免一战。反正迟早都是竞争，不如就从小升初考试开始。良性的竞争，或许能让孩子们更加进步。"

"现在的发展趋势是：地级市考生涌入郑州市区初中，县城考生涌入地级市初中，乡村考生涌入县城初中，乡村初中荒废。"

"这都是教育资源不平衡惹的祸。假如有机会，你我一定想让孩子去北京参加高考。"

"每位家长都希望自己的孩子在良好的教育环境下受教育，谁都不想因为教育资源的不平衡，让孩子输在学习路上。

但这样下去，只会导致教育资源越来越不平衡，导致孩子的压力越来越大。"

"的确，这么早就异地求学，对家庭教育资金、亲子关系都是一种挑战。并非所有家长都能做到租房伴读，更多的孩子是一两星期回家一次，这不利于青春期孩子的心理成长。怎样避免孩子独立性被迫提前，却对父母愈发冷漠，是每一个外地家长首先要思考的问题。"

这一点，我同学段贤军早就想到了。他们一家虽然在周口市生活，但几年前已在郑州购房。那天为孩子报名结束，我随他到他家小坐。他说，几年来，这房子他们很少来住，平均一个月也就住个三四天。我说，如果出租，每月可收租金两三千元，这么算下来，他们每次每天在这儿住的成本堪比五星级酒店了。他说，之所以不出租，是怕房客把屋子弄得乱七八糟，到时候还得整修。

在校园里，我找到段贤军，问："你给孩子都报了什么辅导班？"

他说："没报。说没报，也算报了。他妈妈在我们当地中学教英语，他舅舅在我们那儿办了个奥数班，不用交钱，跟着学。"

"条件得天独厚啊。看来你那所房子快要发挥作用了。"

"借你吉言，希望如此。说起来，要不报班，想考取郑州的名校，恐怕很难。我有个朋友，他的孩子在班里每次考试都是前三名，因此没给孩子报班，结果去年小升初，连我们当地的好初中都没考上。你们呢？"

"只报了一个数学班、一个英语班，都征得了他同意。他在辅导班的同学，有的语数英都报了两三个班呢。这样的孩子也太累了。而且，有的班还是'一对一'，每小时收费两百元左右。这么算下来，一年投入两万元也打不住。"

"每家辅导机构都有自己的门路，家长为孩子报那么多辅导班，也是想多获得一些信息和机会。"

"我看论坛上有家长发帖，他不准备让孩子择校，问大家是否就不需要报各种辅导班了。大家众口一词，说大多数公办学校也会举行入学考试，将尖子生分到一个班重点培养，所以即便选择划片就近入学，也不能高枕无忧。不知道那些人是不是辅导机构的水军。"

"这是事实。我媳妇所在的学校就有重点班。升学率为王啊。"

考试结束铃声还没响，四散的家长已渐渐围拢到教学楼的附近。在志愿者的引导下，家长们让开一个出口，后来者分列两行。孩子们犹如战场归来，表情各异，穿过夹道欢迎的人群。家长们接到孩子，简单询问试后感觉，无论好坏，一律鼓励，因为次日还有一场考试等着，影响了心情可不好。

马骁说，他所在的考场有十个左右的位置空着。

马骁说，一百二十分钟考试时间，分为上下半场，先发下数学卷子，七十五分钟时收回，再分发语文与英语合二为一的卷子；数学有分值，语文与英语没有，而英语只有两大道题，估计最多二十分。

马骁说，数学试题不算太难，他用了七十分钟做完，随后还检查了一遍；语文与英语试题太多，四十五分钟不够用，监考老师提醒只剩五分钟时，他才开始写作文。作文题说是某市有两所学校，甲学校特别强调应试，课堂上大量灌输课本知识，课后布置海量作业，通过反复训练提高学生成绩；乙学校特别重视学生综合素质培养，强调有效课堂、有效作业，既重升学成绩，又注意留出时间让学生阅读，给有学科特长的学生开设特色课程，开阔学生视野，提高学生综合素养，为学生长远发展奠定基础。如果让你选择，你会选择哪所学校？为什么？请以"我期待的初中生活"为题，写一篇不少于三百字的作文。响铃时，他还没写完，不过赶紧在文后加了个省略号，另起一段，匆匆结尾："这就是我期待的初中生活。"

我说："机智。两所学校均有所指啊。你选了哪所学校？"

他说："当然是乙学校，这明显就是文博。"

"语文试题没再出'商女不知亡国恨'吧？"

"没有。再出我也会了，'隔江犹唱后庭花'。"

回家上网，小升初论坛与家长群早已炸开了锅：有的晒各校试题，探讨答案；有的吐槽被辅导机构给坑了，因为今年没考什么奥数题；有的征求大家对几所学校的观感，以便自己决断……

"五十个人每人有一条狗，已知这五十条狗中有病狗。狗主人只能通过观察别人的狗来判断自己的狗是否有病，五十个人相互之间不能传递信息，并且病狗只能由狗的主人枪毙。第一天没有枪声，第二天有一阵枪声。请问有几条病狗？"

在群里初见这段话，以为出自哪位有才的家长，讽喻乱象丛生的小升初。不料，这却是当日郑州某名校小升初"思维与运用"试题，据说原题曾是微软的面试题。随后，有网友给出答案，并做了细致说明——

解析：如果有一条病狗，其他人（除了病狗主人外）都会只发现一条病狗，而病狗主人会发现没有病狗，他从而根据有病狗的事实，推断出自己家的狗是病狗，所以如果只有一条病狗，第一天就会被发现，并枪杀。如果有两条病狗，其他人（除了两条病狗的主人外）都会发现有两条病狗，但是病狗的主人会发现只有一条病狗，因为他自己家的狗他没办法看到。但是在第一天，他没办法推断自己家的狗是否病狗，所以这两条病狗能活过第一天。但到了第二天，看到一条病狗的人考虑到没人枪杀狗，知道那条病狗的主人也看到了病狗，即不止一条病狗，从而推断出自己家的狗是病狗。

总结：假设有一条病狗，第一天就会被发现，并枪杀；假设有两条病狗，这两条狗第二天都会被发现，并枪杀；假设有三条病狗，这三条狗第三天就会被发现，并枪杀……以此类推。

　　评价：这道题是博弈论的经典题目，考查逻辑思维能力。中规中矩的题学生做得多了，很容易养成定向、模式化思维。所以适当做些开放性题目还是很有必要的。不过，一下子出这样一道题，确实有点用力过猛啊。

　　几天后，中央人民广播电台中国之声《新闻纵横》播出报道《郑州小升初现"计算病狗神题"，网友：狗没病我病了》，在引述试题后，如是评论——

　　听到这，您是不是都晕了呀？说这脑筋急转弯转的弯也太多了吧，但是且慢，这可不是什么脑筋急转弯的题目，而是郑州一道小升初的试题。很多网友看了题之后，只好感叹：狗没病，我病了。

　　纵横点评：看了这样的试题，我们只好感叹现在小学生的水平实在太高，只是这样的试题到底能考出孩子们什么样的能力，有了这样的能力又能做些什么？考试创新值得鼓励，只是别为了创新而创新，否则最后生病的不是狗，而是那些苦苦搜索解题思路的孩子们。

　　6月29日，一早起来，马骁突然上吐下泻。我们连忙带他看了医生，买了点药。回来服药后，他依然呕吐不止。我问他是不是考前紧张，他说他一点也不紧张。我们推断，应是前一天出考场喝冷饮所致。

我们劝他："要不，下午枫杨的考试，咱们放弃了吧。"

他说："不！说什么我也要去！"

6月29日下午回到家，我们松了口气：终于可以放松一星期了。

次日下午，我正在休息，忽然被牛牛推醒。她说："别睡了！群里有家长说，他们已经接到文博的电话了！"

不可能吧，文博考试结束到现在还不到四十八小时，卷子就改出来了？况且，按照规定，7月7日以后才允许通知预录学生啊。原来不是录取通知，而是文博邀请家长第二天下午到学校参加公益讲座，涉及小升初衔接教育，如何尽快适应中学生活，文博的办学理念、特色教学、学生管理等。

有接到电话的家长犯愁，说是第二天还要上班，到底要不要请假去听呢？有人评论，接到电话肯定是好事，去听听又不会损失什么，顶多损失点时间。接到电话的家长里，也有外地的，说是刚刚驾车到家，如果仅仅是听个公益讲座，不知道学校能不能报销燃油费和路桥费。有人评论，看来这是预录取的节奏啊。

随着群里接到电话的家长由个位数升至十位数，又升至百位数，牛牛急了："哎呀，我们的手机怎么没有动静呢？"

我说："急什么？等着吧，一会儿就来电话了。就按学校的招生人数来说，也有好几百人呢，人家总得一个个通知吧。"

牛牛查看我俩的手机，都有电。她又用家里的固定电话分别拨了我俩的手机号，都能接通。她依然静不下来，说："群里没接到电话的家长，纷纷祝贺接到电话的，我可没这个心情。"

忽然，她的手机响了，不过接听了一会儿，她就给挂了。她说："骚扰电话，问我买不买黄金，净让人浪费感情。"

稍后，我的手机也响了，是同事打来的，我接通后说："有什么事请发短信，我正在等重要电话。再见！"

终于，期待中的电话打过来了。

7月1日下午，听完讲座回来，牛牛说确实就只是讲座，讲的内容和电话里说的一样，没有涉及录取的具体问题，不过，学校让家长们都填了学生基本情况登记表。文博此举，让不少家长雾里看花，论坛此时布满了相关帖子，此起彼伏。其中，有家长的无所适从，也有充满火药味儿的攻击与谩骂。细细思量，后者肯定是不同学校的老师所为。自然，明白人的解析更受欢迎。

有人讲政治课：非常时期，家长智商也突然下降了吗？三位校长上阵，如此隆重的介绍，最后的结语多么语重心长，教学理念一再强调，学校用心之良苦，就是不能告诉大家"录取"两个字，不想授人以柄，只等着文博的考生可以撒欢了。大家知道表格的含义吗？往年只有正式录取的新生家长才能填写那张表格，大家明白了吗？

有人做语文题：校长的家庭教育讲座，真的使人受益，最后"关注、规范、期待、感谢"八个字,让人感觉真诚、大气、温馨、给力。看来许多家长的阅读理解能力没有提高啊。我分析,即便是随机抽取通知对象,也是从前五百名随机抽取的。如果学校不准备录取,你骚扰人家干吗?何必让人听学校的介绍?听完介绍又不录取人家,逗人玩呢?何况还有外地的家长。文博吃饱了撑的,自己找骂?所以于情于理,我认为文博就是怕牛娃流失,才搞的这个活动。

有人解数学题:讲座所在的艺体中心共十八排,每排三十四个座位,总共六百一十二个座位。有的去了两位家长,有的一家三口全去了,加上没有接到通知也去了的,基本上可以推断,文博通知了三百人左右。根据文博的招生计划,今年会录取五百人,所以没有接到通知的还有机会,接到通知的一定会被录取,只等7月7日到来再明说罢了。

2014年7月7日,早上七点三十四分,我接到了文博的录取通知电话,随后给相关人等编发短信:"犬子马骁小升初,已被河南省实验文博学校录取。感谢您的关心!"

有朋友回复:"祝贺!马骁威武,应该叫牛骁。这下牛牛该笑了。"

等了一天,牛牛说,看来枫杨是没希望了。

为省得纠结,次日上午,我前往枫杨,探得马骁"阶段性评价等级"为B,位次为一千八百七十七名,而人家今年只招生七百人左右。安心了,踏实上文博。

回到家，只见有家长在群里说："初中入学分班考试很重要啊，一次分班，三年不变。大家在暑假为孩子报了新初一衔接班没有？"

2014年9月20日

写心

中考魔方

"今天才注意到，给孩子买的水笔替芯的盒子上，印着一句话：'整盒有三好，省钱省事显得壕。'"

"真的啊。我们的是：'没去过你的城市，但刷过你那儿的题。'"

"我早就关注了，你们说的都见过。说个大家没提到的吧：'谁的青春不迷茫，其实我们都一样。'"

2017年春，儿子马骁初三下学期开学后，由于中考在即，沉寂已久的家长QQ群渐渐活跃起来。

妻子牛牛发现，小升初时加入的"2014冲刺枫杨文博"群，不知从何时起，已更名为"2017冲刺大三甲"。

"中考"即初中学业水平考试，也可视为中国中小学生三大考试的中段考试。虽然它的指向也有职业高中、中专、技校等中等职业学校，乃至社会，但普通高中是毕业生的主要去处。由于普通高中招生考试往往与初中学业水平考试合并进行，在某些场合，这项考试又被简称为"中招"。

在郑州中考家长圈里，以历年招生分数、高考成绩为标准，将郑州外国语中学、郑州市第一中学、河南省实验中学合称为"大三甲"，将郑州市第四中学、郑州市第七中学、郑州市第十一中学合称为"小三甲"。

河南省实验文博学校与河南省实验中学一脉相承，二者同属于学生与家长口中的"大实验"或"实验帝国"，分别被简称为"文博"与"省实验"。虽然由于政策原因，文博初中部远胜于省实验，但其高中部毕竟成立时间较晚，生源质量总体甚至难比小三甲。文博许多初中生，皆把其高中部作为保底，目标直指省实验。

省实验正门开在文化路，文博正门开在农业路。两所学校被一条东西方向的俭学街隔断，又被一座校内专用人行天桥连接。

某次文博家长会，马骁的各科老师轮番登场，讲解学习要领。思想品德老师在结语中敬告："努力与否，中考后，那就是文化路和农业路、天桥北和天桥南的区别！"

从来没有想到，毕业多年以后，我需要持续地一早起来，皆缘于家里有了一个走读的初中生。

马骁上文博后，我与牛牛大致做了分工，早上我送，晚上她接，中午让他在学校吃饭，在教室休息。

非节假日的每天早晨，五点半，手机闹钟骤响，我穿衣起床，先开火热饭、烧水，再方便、洗漱，待剃须时，饭与水也差不多好了。关火后，我为马骁准备热水，并将手机放在他的床头，出门买包子油条之类。五点五十五分，闹钟会替我叫醒他。六点左右，我回来时，他或已起来，或还在迷糊，若是后者，那就用热毛巾蒙在他脸上。六点半，我俩下楼，我骑电动车载他去学校。二十分钟后，我们在文博门口分别，他去上学，我去上班。

翻遍马骁的语文教科书，不见华罗庚的《统筹方法》。我对他说，学生时代的这篇课文深刻地影响了我，二十多年来，大至人生目标的规划，小至清晨时间的统筹，皆受益于此。我上网搜索此文，并下载打印，与他分享。

事情总有例外。有两次，我实在疲乏，一时赖床，打乱了计划，只得匆匆喊醒马骁，在外面买了早饭，边走边吃。

还有一次，由于手机装在衣服口袋里，我没有听见闹钟，等醒来时，已是七点二十分。马骁提出向班主任请病假，上午就不去了。我没有同意。一路上，他懊恼不已，说是老师要求七点十分之前到班早读，迟到的话会如何如何。

然而，老师并未批评他。事后，我对他说："今后，在生活中遇到类似的事，先想最坏的情况，如果能够承受，那就直面它，说不定会有次坏的结果。"

不久，类似的事就又撞上了。

那天，第三次月考成绩出来了，马骁的排名又滑落至年级六百名之外。牛牛晚到了一会儿，他等不及，便乘公交车回家，却在下车时，将装着几本书的手提袋落在了车上。等他回味过来，已快走到家了，郁闷至极。我随即拨打公交热线，得知调度室没有电话，只好告知所丢物品的特征与名称，请对方协调寻找。

牛牛的手机在家里充电，我只有等她打电话来，才告知她马骁已回家。她回来，正要训斥他，我劝住了。

她说："你不知道借个电话多难。那时，认识的家长都接了孩子走了，不认识的路人看我都像看骗子似的。学校门卫说固定电话只能打内线，而他没有手机。跑了半天，才找到一个有公用电话的小店。幸亏我身上带着零钱。"

我说："想想小升初期间，马骁那两道语文填空作答还真有趣，'商女不知亡国恨，天天都在玩手机'描摹了当下'低头族'的生活状态，'日暮乡关何处是？谁能借我电话用'又刻画了你当时的心理状态。"

次日，牛牛去了公交调度室，在那儿找到了马骁遗落的书。

马骁放学后，我趁机训教："祸不单行是有原因的，当你心情败坏时，再做其他事必定受影响。就像我上次说的，临事时，最坏的情况如果能够承受，那就调整状态，去努力争取相对较好的结果。"

为什么要接送孩子？

与身边没有孩子的朋友说到接送之事，他们总会如此发问。

刚开始，我会解释，反正要为他准备早餐，既然起来了，自己也要上班，不如顺路送他；他已办了公交卡，也坐过公交车，但早晚人多车多，时间难以掌控。

对方说，如果自己有了孩子，一定让他自立，一定不给他报辅导班云云。

我顾左右而言他。想当初，我还立誓不让孩子看国产动画片呢。

不过，经此一问，细细想想，此举的根本原因，也许是为享受难得的共处时光。平日马骁在家，或做作业或读书或上网，我与牛牛不便打扰。而在路上，沟通信息，交流感情，颇为适宜。更何况，马氏语文也可以借机开课了。

小升初之后，我俩的语文课又成了无主题变奏。也正儿八经坐在一起，或取新作解剖文章的结构与叙事，或拿校样讲解自己的修改思路，但马骁对此兴趣一般，而上学路上短平快的教学，他倒兴趣盎然的。

冬日，我们出发时，太阳还未出来，天空有时会有星星月亮。

"披星戴月——披着星星做的衣服，戴着月亮做的帽子。多形象，多浪漫。不过这是形容连夜奔波或早出晚归，十分辛苦。现在我们就是这样。有些词语，只有在具体的情境下，才会印象深刻。"

"你看，月亮是新月还是残月？有个诀窍，在北半球，如果月亮像声母'c'，cán，那就是残月，反之就是新月。你已学过物理，自然懂得其中的道理。有位诗人说过，'人类登上了月球，便跌倒于诗意'。也不尽然，就月亮来说，科学与文学可以并存。"

"中国古代有大量咏月诗词，你想到的有哪些？不过，这些作品虽然写到了月亮，其实说的还是人的事。李白借月思乡，苏轼借月思人。'月有阴晴圆缺'是虚晃一枪，重点在'人有悲欢离合'。"

放学路上，有一处停车场，旁边墙上绘有一幅《保钓》宣传画，一角写着"本广场 × 欢迎 ×× 车辆"。

某日途经此处，我指着这面墙，对马骁说："这句话很奇怪吧，那是因为已被涂抹过了。原来第一处写着'不'字，第二处写着'日本'二字。"

他说："人家是做生意的，肯定欢迎任何车辆。"

我问："几年前，包括郑州在内的一些城市皆有群众游行，主题是抵制日货，有的地方甚至发生了打砸抢烧的事件。你怎么看？"

他答："这肯定不合适。你可以不买，但不能把人家花钱买的东西给破坏了。"

"嗯。当初我们在组织《我的抗战》全国巡映时，特意在观影须知里加了要求：'认同《我的抗战》，理性、建设性面对世事。拒绝那些将脑袋别在裤腰带上的人。'"我总结道，"盲从最要不得。两千多年前，孔子就说过，'学而不思则罔，思而不学则殆'。一味读书，而不去思考，那书就白读了。学习的终极目的，是成为一个有独立人格的人。"

"糊窗不亮，擦屁股打光"，在我的学生时代，同学们对奖状如此戏谑。大多数人是无缘此物的，此言或为精神胜利法的体现。

在我的概念里，原来一直以为奖状上"以资鼓励"的"资"，是指奖金或奖品，马骁上了小学以后，我才知道它是"提供"之意，不一定有现金或物品，更多的是精神奖励。

除"2014年军训训练标兵"之外，在文博入学后，马骁获得的第一个奖状，是初一上学期期中考试后的"进步之星"。这次考试，他由第一次月考的班级第五十五名、年级第七百二十一名，提升为班级第四十名、年级第四百四十七名。

那次月考后，他在纸上写下"完蛋"两字，强忍眼泪，不愿多说话。我们在大跌眼镜之余，还是劝慰了半天。问到他中考时年级排名的目标，他说是前一百名。我们认为还算比较实际，牛牛劝他在"日得录"上写上这个目标，他照做了。

马骁这一届，文博共十六个班，每班六十四人左右，年级学生总数近一千人。

他说，考试后，班主任专门找他及其他四人，表明作为考进来的前十个班的成员，此次月考在年级六百四十名之外，要更加努力才是。老师让每位学生列出挑战对象，如果失败，要给被挑战方写颁奖词，还要满足其要求，在力所能及的范围内送对方礼物；如果成功，则反之。他选了班级第三十名的同学。

他又说，成绩下来当天，下午最后一节自习课改上心理咨询课。这门课只在初一这一年开设，每学期四节，均安排在每次月考之后。虽然老师在讲课之后提出，大家可以单独找她咨询，但他并未去，也没有其他同学去。

他还说，这次考场是随机安排的，每个能容纳五十四人，他在第十七考场，此后就按上次成绩编考场了。他希望自己今后不在第十考场之后，即意味着不在年级第五百四十名之后，因为监考老师会严加盘查那些考场的考生，以免带入作弊工具，与之相反，前十考场则无此一关。

我与牛牛分析，此次月考，马骁数学成绩为一百一十四分，虽然也由于粗心失分，但还算正常，如果仅算这门，他应在年级三百名之内。只是，中考不像小升初，届时主科各科分值不会有什么区别了，而他的语文、英语二科均不足百分，还有很大的提升空间。尤其是语文，阅读理解题我也头大，要不也给他报个辅导班？

"做这种题是有巧的"，征询其他家长的建议后，我们为马骁选定了一家。

为一探究竟，我与他一同走进课堂。原来所谓的"巧"，不过是死记硬背辅导老师总结出来的条条框框，届时照方抓药即可。

比如文章首段的作用有："开门见山，开宗明义；开篇点题，点明中心；创设情境，渲染气氛；设置悬念，吸引读者；

为下文……(可填相应的内容)作铺垫；总领全文，引起下文。"

又如最后一段的作用有："篇末点题，画龙点睛；总结全文，点明中心；拓展延伸，发人深思；首尾呼应，照应开头；深化中心，深化主旨。"

这个，马氏语文还真讲不出来。

与此同时，我与同事策划的《赢在中考的秘密：语文阅读理解真题精粹》《赢在高考的秘密：语文阅读理解真题精粹》已呼之欲出。

此前，有同事的作品入选中、高考语文试卷，被编写为现代文阅读理解试题，他试着作答，然后对照标准答案，结果啼笑皆非。作者如此，读者更好不到哪儿去了。我们经常互相取笑，你写的东西，又去害人了。

不过，对我们来说轻飘飘的玩笑，对莘莘学子而言，却是实实在在的负担。也是出于私心，某日，我提议编选两卷这样的书，认为或有一定市场。随后，几人分工协作，完成了这个项目。

经此一役，我也明白了一些成功学著作的来历。

文案是我写的，摘引两段——

　　小小说比散文有情节，比故事有品位，是最适合中、高考应试作文与阅读理解的文体。多年来，小小说为新时期的文学读写提供了另一种可能，影响了几代人的阅读时尚。数百篇小小说先后入选各类语文教材教辅，及中、高考语文试卷阅读理解。据《北京日报》报道，今后中考语文现代文阅读的篇幅与题量将会增加，并减少每题分值，这对学生快速阅读、快速提取目标信息的能力将是个考验。

《赢在中考的秘密》《赢在高考的秘密》基于丰富的阅读理解试题库，精选近年入选各地中、高考语文试卷的文学文本、阅读理解真题及答案，是中学生提高阅读理解能力、写作实力，把握解题要点的掌中宝。其中，阅读理解文学文本，展现当下生活，契合素质教育精神，知性与唯美统一，思想内涵、艺术品位与智慧含量兼具，篇篇引人入胜，让读者在解题的同时，体验欣赏美文的愉悦，开阔视野，拓展思维方式，提高文学鉴赏及写作能力；阅读理解真题及答案，极具时效性、代表性与针对性，贴近当今考试规范，引领解题思路，提高解题能力。

然而，待书到手，马骁也只是翻了翻文章，对其中的试题置之不理。

不止于此。有位朋友在一家教育报刊社工作，送了我一些教辅读物，我转给马骁，他也如此对待。

我向这位朋友坦言相告，他说："要想公道，打打颠倒。如果换成是你，你会怎么做？这些东西，他能看多少就是多少吧。"

此后某日，牛牛看到小区附近新开了一家新华书店，对马骁说："跟我去那儿转转，看看有没有适合你的辅导材料。"

我听了，忙阻止。私下里，我对她说："你和我在书店工作时认识，对书店肯定有不一般的感情。虽然马骁不会这样，但总不能让他提起书店就反感吧。"

2017年1月，我们家庭获评第十三届绿城读书节十佳书香家庭，得购书卡若干。此后，我们经常来往于此店。

中考后，我与马骁及侄儿去此店闲逛。

我转了一圈，对一套以年龄分卷的《全脑开发六百题》颇感兴趣，问马骁："你看这套书怎么样？给弟弟买一本七岁的吧。"

马骁评论："这不是习题集吗？"

我会心一笑。

问了侄儿，他对此也不感兴趣，便选了他手里的《葫芦兄弟》。

"如果说孩子是船，学校是知识的海洋，那么你我就是那左桨和右桨。孩子的每一点进步都离不开你我的付出，更离不开您的大力支持。您是孩子的第一任老师，所以今天也是您的节日。在此，我也祝您节日快乐，谢谢您对我们的理解、关心、支持和帮助！"

"初中第二年，分化很明显；科目比较多，任务不轻闲；学习有目标，养成好习惯；即使双休日，也莫玩两天；身心要放松，学习记心间。学校和家庭，齐抓共同管；凡事布置后，检查要从严；细节定成败，过程很关键。家校勤沟通，奋勇定领先！"

"家长您好，请教育孩子，学习重要，态度、习惯更重要。俗话说，态度决定一切，习惯决定未来。推荐中考状元提高学习效率的原则：要有学习的紧迫感；要善于检查自己的学习效率，并进行及时调整；要善于分析、解决一定时期内影响自己学习的主要问题。"

伴随着班主任群发的校讯通短信与班级微信群信息，以及每次月考后、假期前，各家辅导机构的垃圾短信与骚扰电话，中考渐渐临近。

某日放学路上，马骁对我说："今天老师发了调查问卷，征询大家的意见，问大家同不同意将美术和音乐纳入中考？"

我问："你怎么答的？"

"我和同学们都填了同意。反正那时我们已经考过了，轮不到我们头上了。"

"设计者选择的对象有问题。说不定当年也是这样，学兄学姐把你们送上了体育考场。"

河南省将体育纳入中考，始于1995年，当时以满分三十分计入总成绩。其后曾经停摆，2007年恢复。

郑州市是教育部中考体育全国八个改革试点城市之一，在考试分值方面，2008年调整为五十分，2016年又提升为七十分；在考试项目方面，从2018年开始，由原来的"必考项目＋

考生自选项目"，改为"必考项目＋摇号统考项目＋考生自选项目"。

2016年秋，马骁开学，教室移动了。文博初三的学生，全部跨过校内的人行天桥，到省实验航空实验班所在的小白楼就读。此处离操场一步之遥，更便于体育锻炼。当然，此后一年的体育课，以及课余的体育活动，基本上都是围绕中考体育项目进行的。

中考体育项目分必考与选考两种。必考项目为长跑，男生一千米、女生八百米；选考项目分为三类，素质类一包括一分钟跳绳、五十米短跑两项，素质类二包括掷实心球、立定跳远两项，技能类包括篮球运球、足球运球两项。要求学生必须在一个单元即半天内完成一项必考、三项选考项目（素质类两项、技能类一项）的考试。

一千米长跑之外，马骁选择了一分钟跳绳、立定跳远、篮球运球。

此前半年，同事胡君送给我一个纸箱包装的快递，说是中考体育专用的篮球。她的儿子长马骁两岁，已上高中。她笑言，之前他经常弄丢篮球，自己一气之下多买了几个，人家却不丢了。

我为篮球配备网兜后，转给马骁。不久又为他更新了运动鞋服。

牛牛对我俩提出要求："星期天别窝在家里，要出去运动，否则就对不起这身装备！你看马骁的视力，已经是左眼六百度、右眼五百七十五度，这样下去怎么得了？"

事实上，一直到这一年的暑假，为马骁报了中考体育培训班之后，我们的运动才规律起来。

体育培训班借用的是郑州轻工业学院的操场，离家三站地。陪练时，我发觉，同一操场，有多家培训机构在训练。

在这里，我与书店前同事再次邂逅，相视一笑。一打听，原来他的儿子报的是另一家体育培训班，费用不足一千元，而马骁的却是一千五百元。

他说："这就是所谓的素质教育。"

我说："从马骁提供的信息看，将来中考科目纳入美术和音乐，也有很大可能。"

"那就干脆把戏曲和书法也加进来。仅凭课堂所学，这些科目想要取得高分，简直是痴心妄想。前车之鉴，体育应试化，已经背离了培养运动习惯、提高身体素质的初衷，徒增考生及家长的负担。"

"现在中考体育的分值，超过化学、历史，和物理、思想品德持平。教育部有官员在接受采访时透露，这项政策会坚持下去并且扩大分值，直到与语文、数学、英语等主科持平。"

"咱们能管得了那么远吗？不说别的，咱们孩子这一届不用摇号确定统考项目，就已经是烧高香了。操场上这些参加训练的学生，其中就有不少是2018年才参加中考的呢。"

训练间隙，问了教练，才弄明白摇号流程。

郑州市从2018年开始，中考体育必考项目不变。先摇号确定统考素质类一或素质类二，再从其中摇号确定全市统考的素质类项目一项，比如摇号确定统考项目是素质类一后，从一分钟跳绳、五十米短跑中，再摇号确定一项；然后，从技能类项目中摇号确定全市统考的技能类项目一项；最后，考生从另一素质类项目中，选择一项作为选考项目，比如全市统考项目是素质类一中的项目，考生只能从素质类二中选择掷实心球或立定跳远。

我听着有点晕，问："什么时间摇号？"

教练回答："初三上学期期末。"

"中考体育一般安排在每年4月，那等通过摇号确定考试项目，只剩下三四个月时间，学生再练还来得及吗？"

"那肯定来不及。之所以摇号，上面的意思，就是为改变'考什么，练什么'的现状。过去，学生会早早选定相对好练、容易拿分的项目，然后就反复练习。以后，肯定不能这么干了，这就要求学生平时就要对所有项目都加以练习，而各方对体育运动的重视程度也会进一步提升。"

"是难度进一步提升吧？应试体育不断增加学生的压力，虽说他们参与了体育运动，但会不会对体育更加厌恶呢？"

"学生既能充分享受各种体育运动的乐趣，又能实现身体素质的提高，当然最好，但这对于当前的中国学校体育教学体系和现实条件而言，太过理想化。如果不是作为中考科目的杠杆作用和导向机制，体育学科肯定会被边缘化，你以为家长、学校能自觉支持学生参加体育运动？"

河南省中考实行全省统一命题、统一试卷、统一考试时间，各地组织考试、阅卷及录取。2017年，各科总分七百分，具体为：语文、数学、英语各一百二十分，物理、思想品德、体育各七十分，化学、历史各五十分，物理、化学、生物实验共三十分。

2017年4月10日，马骁参加了理化生实验操作考试。九天后，成绩公布，他的是三十分，满分。

4月18日，他参加了体育考试，发挥正常，成绩是六十六分。

此后，确定志愿学校便提上了议事日程。

5月17日，郑州市教育局发布《2017年郑州市市区普通高中招生工作意见》。其中规定，面向郑州市市区招生的三个批次，第一批次设置两个学校志愿，第二批次、第三批次各设置一个学校志愿。考生在学业考试之前填报志愿。考生可以选择填报其中的一批或几批学校志愿。考生选择市区第一批次学校志愿时，需要填报两个志愿且两个志愿不能为同一所学校。

录取原则为：第一批次录取学校录取时按照第一、第二志愿的顺序录取，如达到第一志愿学校录取分数，则不考虑第二志愿学校；如达不到第一志愿学校录取分数，则参加第二志愿学校的录取，录取时按照分数高低统一排序，择优录

写心

取。如达不到第一批次录取学校录取分数，再参加第二批次志愿学校录取。

文件同时列举了各批次录取的学校名单。第一批次共计二十一所，包括大、小三甲；第二批次共计十七所；第三批次为民办普通高中，未列明细。

当即，家长论坛、QQ 群、微信群掀起了中考过程中的第一波浪潮。

"与去年相比，最大的变化，是第一批次两个志愿必须填满，且两个志愿不能为同一所学校。"

"这不是废话吗，谁会傻到把两个志愿填成同一所学校？"

"这位家长还是太嫩，或者说，你的孩子还不是牛娃。往年和大三甲达成默契的牛娃，一般是这样操作的：第一批次只需填报一个志愿，那就选择一所大三甲；第二批次空着；第三批次填报这所大三甲的民办高中分校。即便冲不上大三甲，也可进分校的重点班。这就叫肥水不流外人田。今年如果不这样规定，就会留下漏洞，容易让大三甲和牛娃钻了空子。"

"楼上正解。新政策显然是听取了大三甲之外的学校的意见，按这样执行几年，它们与大三甲之间的差距应该会逐渐缩小吧。它们截留了优质生源，今年各所大三甲的民办高中分校的日子不会好过了。"

"照你们这么说，下一步该照顾第二批次录取学校的情绪了，什么时候第二批次志愿也必须填报，那才够狠！"

当日，牛牛去了一所小三甲学校咨询。对方建议如此填报志愿：第一批次第一志愿报这所学校，第二志愿任选一所大三甲；第二批次不填；第三批次写其民办高中分校。

我听了她的转述，说："这套餐有智慧。第二志愿填了也等于作废。从往年各校录取分数看，如果未被这所学校录取，也完全不可能达到大三甲的分数线，这样就进入它的民办高中分校了。"

她说："第一志愿报这所学校，有点不甘，第二志愿还差不多。如果马骁中考成绩能超过大三甲录取分数线呢？"

十天后，牛牛转来班主任的短信："您好！下午五点到校，谈谈孩子的学习生活吧，地点在二楼教室东边的办公室。"

我猜测肯定与填报志愿有关，说这是好事，必须得去。

下午，她通过微信直播行程与见闻："老师叫了一批家长，一个一个单独谈。我到这儿时有人刚走。"

我回复："我的判断，这是劝大家选择'省实验＋文博'套餐的。你可以问，第一批次第二志愿的选择对象，是和省实验一档的，还是小三甲？如果老师极力推销文博，肯定会让你选择外国语或一中。"

回来交流，果然被我言中。班主任说，若马骁冲不上省实验，可以保证安排他就读文博的高中实验班。

5月28日，省实验校园开放日。上午，我与牛牛前往。

"让每一位师生在这里都能找到自己的回忆"，初看校史馆入口的这句话，感觉有点大，不过转了一圈，发现原来这句话落实在走廊里每届毕业生合影上。省实验成立于1957年，原名郑州师专附中，1959年更名为郑州师院附中，1962年更名为郑大附中，1972年更名为郑州四十中，1979年定为现名。大实验在中学阶段，除了省实验与文博，还有2015年与建业集团合办的河南省实验学校英才中学。

校园里，大实验各学校都设有招生咨询台。我们询问了文博高中部的收费明细。老师回答，一学期学费四千元，并说，去年六百三十分以上的免除三年学费，六百二十分至六百三十分之间的免除一学期学费——如果在期末考进年级前五十名，免除下学期学费。

其后，我们聆听了教务处两位老师的讲座。一位介绍了省实验，另一位介绍了填报志愿的注意事项。后者与班主任所讲一致，新鲜的信息是，不要将市实验（郑州市实验高级中学）误认为省实验。

下午，我再赴省实验，参加家长会。班主任发放了空白表格，推介了大实验及报考策略，与之前差别不大。她说，2016年河南省高考前一千名，郑州有一百二十一人，省实验有四十八人。她要求大家先在表格上填写志愿，31日交还，由她指导学生在网上填报。

当天晚上，我们就确定了志愿，与班主任的建议一致。

那几天，班级微信群分外热闹。

其中，有家长问："志愿不是我们自己在网上填报吗，怎么会是学校统一填呢？"

班主任并未回话，别的家长却纷纷附和。

我忍不住，发了两句话："家长会大家参加了吗？要加强阅读理解能力啦。"

牛牛认为此举不妥，对我说："让别人急去吧，我们光看不说。"

那时已撤不回了，我说："我着急。班主任肯定有难处，我替她说说。"

之前，牛牛给我发微信："怎么那么多家长都在自己填啊？"

我回复："淡定。"

"我没不淡定，只是好奇。你怎么还一副稳坐钓鱼台的感觉，人家肯定有更高的追求。"

"什么更高追求，有咱的高吗？不过是想将外国语替换一下而已。那叫更低追求。"

"另一个班某位同学的妈妈，第二志愿填写为四中，班主任认为不合格，说是填错了，电话召去另发空白表格，让她重填。"

"今年小三甲的分数线不会比大三甲的低多少，甚至比省实验还高也有可能。"

"但愿是这样，那我还可以偷着乐一会儿。"

6月25日，中考第一天，我与牛牛一同赴省实验陪考。

　　　　　　　　　　　　　　　　　　　　写心

学校外围，除了家长，还有各类辅导机构的成员，或装扮成状元模样游走，或发放宣传品。

家长们众口一词，让老板不要太抠门，要发放手提袋，最好是能肩挎的，还要附上新高一辅导材料，如果只是宣传页，随手就扔了。

此言非虚。地上不乏字纸，引来环卫工不断清扫，街道办事处工作人员过来驱散相关人员。

毫无意外，在考场外，我又一次见到了我同学段贤军。三年里，或相约，或偶遇，我与他多次见面。

其实不止大学同学，三年以来，每年暑假，我都会从故乡的高中同学那儿，得知他们孩子的去向，考进大实验的，已有三人。

与之相对应，马骁所在的班级，外地学生占一半左右。

望着马骁汇入考生洪流，我不禁感慨，这个比牛牛还要高的少年，真的长大了。这是孩子的中考，又何尝不是我们家庭教育的中考？

仅仅几年前，他还是个相信这世间有圣诞老人，一度被玩伴打趣"太幼稚"的孩子。那缘于每年的平安夜，我们趁他入睡时，悄悄将一套书或影碟放在他的床头。

到了青春期，他并不叛逆，反而更愿意与我们交流。某日上午，牛牛回老家。等到下午，她还没消息，我未免抱怨。一旁的他对我说："你应该给她打电话，而不是等她给你打电话。"

他从来没有带我出的书到学校显摆过，对我的文字也兴趣不大，唯一的点赞，献给了这句话："刀尔登说：'按我们的常识，被人倾注以全部心血，是很不舒服的事。'——这话让我瞬间窃喜，为自己教子偷懒减压不少。"

他十五岁生日，我与牛牛送了他一册《毕业季》笔记本，并题词："命运为努力的人架偶然的桥。"几个月后，我们见识了不同于1980年代中学生的留言风格。我有心扫描并整理成一篇图文，发给相关自媒体，但他不愿意，只得作罢，仅仅用牛皮纸给本子做了个护封。

两年前，他写给自己的那封信，也在中考前发还。由于同样的原因，我也没有公开内容。那封信，是他的心理咨询课老师在最后一课布置的作业。课后，这位顾老师向学校递交了辞职申请，正文只有十个字："世界那么大，我想去看看。"

他与同学的十四岁生日主题班会，我与牛牛没有参加，只是应班主任要求，给他写了一封信。他的读后感是"高大上"。此信汲取了师友的智慧，也无私密内容，掐头去尾，转引于此——

　　大实验校训中说，"异想天开，脚踏实地"，我们对此非常认同。我们希望你也能成为这样一个"顶天立地"的人，"顶天"意味着要志向高远，"立地"即踏实求进。人生在世，做任何事，都有目的、方法、效果三个层面，其关键在于方法的实践，它是达到目的与效果最大化统一的核心。以什么样的方法成为一个顶天立地的人？

在我们看来，这有赖于良好的学习习惯与生活习惯的养成。课前认真预习、课堂认真听讲、课后认真复习，书写整洁，及时总结……这些或许你已耳熟能详的方法与要求，若能持之以恒，必会受益终生。还有多问多思，养成处处留心、时时思考的习惯，也有助于修炼承担责任、独立判断的品行。

学习虽是学生的第一要务，但我们不希望你两耳不闻窗外事，柴米油盐皆无关，四体不勤，一屋不扫。我们希望你能养成良好的生活习惯，统筹自己的作息时间，做力所能及的家务，留出时间锻炼身体，利用一切机会出门拓展视野与心胸。

以上所述，你都已在执行，不过某些方面仍需加强。我们愿做你的良师益友，不时提醒，彼此交心。希望我们在多年以后，能无愧于心，在你最需要我们的年龄，老爸老妈没有错过你的成长。

人的学习与生活是一生的事。养成良好的学习习惯与生活习惯，甚至比知识与文化的获取更为重要。知识会更新，文化会升级，习惯却会伴随始终。

人是社会化的动物，作为一个现代人，如何与人相处是一门艺术功课。希望你在学生阶段尊敬师长、友善同学，处理好生活中可能出现的各种问题。需要我们帮助的，老爸老妈会提供参考建议。

十四岁，正是花季雨季，也是初中三年的中途。送给你与你的同龄人一句话："未来不是我们要去的地方，而是我们要创造的地方。通向未来的路不是找到的，而是走出来的。走出未来的路的过程，既改变着世界，也改变着自己。"

中考首日考试科目，上午为语文、历史，下午为物理、化学；次日，上午为数学、思想品德，下午为英语。

试后，马骁反映，除了英语，今年的中考题都比往年要简单。总体估算下来，他要够上去年省实验的录取分数线，有点悬。难道最后会以数分之差遗憾败北？

在中国中学生群体中，流传着一句话："一分扫倒一操场（竞争对手）。"一个操场，应该至少能站一千人左右。此语足见每一分对参与大考的学子来说，是何等珍贵，也是何等残酷。

6月26日，中考结束后，数学试卷中的第二十一题即引来各方热议。这道题满分十分，原题如下——

学校"百变魔方"社团准备购买 A、B 两种魔方，已知购买2个 A 种魔方和6个 B 种魔方共需130元，购买3个 A 种魔方和4个 B 种魔方所需款数相同。

（1）求这两种魔方的单价；

（2）结合社员们的需求，社团决定购买 A、B 两种魔方共100个（其中 A 种魔方不超过50个）。某商店有两种优惠活动。请根据以上信息，说明选择哪种优惠活动购买魔方更实惠。

活动一："疯狂打折"，A 种魔方八折，B 种魔方四折；

活动二："买一送一"，购买一个 A 种魔方，送一个 B 种魔方。

当日，某大三甲公众号发布各科考卷分析，其中，一位数学老师指出，本题"容易产生歧义，估计会导致学生丢分"。

在网上，有部分学生或家长提出，题中"购买3个 A 种魔方和4个 B 种魔方所需款数相同"，与前一句"已知购买2个 A 种魔方和6个 B 种魔方共需130元"是同一语境，应理解为，3个 A 种魔方和4个 B 种魔方的总价，与2个 A 种魔方和6个 B 种魔方的总价相同，均为130元。即：3A+4B=130。第一问答案：A 魔方的单价为26元，B 魔方的单价为13元。第二问答案略。

而根据河南省教育厅公布的参考答案，3个 A 种魔方的价格等于4个 B 种魔方的价格。即：3A=4B。第一问答案：A 魔方的单价为20元，B 魔方的单价为15元。第二问答案略。

当即，两种答案的学生与家长在网上展开论战，言辞激烈。大家都知道，这道题的答案对各自意味着什么。

我问马骁："你答的是哪一种？"

他回答："和参考答案一样。那些人阅读理解有问题，前面说的是'共需'，后面说的可是'所需'。"

我踏实了。与参考答案不一致的考生家长提出，不要坐而论道，要去省教育厅上访。我暗自感叹，可怜天下父母心。

不料，次日傍晚，省教育厅官方微博及公众号发布省基础教育教学研究室说明，提及经相关专家论证，结论如下："该题不存在科学性错误，但在文字表述上不够精准，致使部分考生产生不同理解。按照题目给定的条件，可以有两种解法。除《2017年河南省普通高中招生考试试卷、参考答案及评分标准》给定的解法和答案外，还有另外一种解法和答案。两种解法都能考查出同样的数学思维和方法，且难度相当。"

不过，其后所附与原参考答案相同的第一种参考答案及评分标准，却在最后一答有误。如果评卷老师按此评分，与原参考答案一致的学生也不可能得满分了。

我一时惊愕。这意味着，如果让那些考生加上十分，如马骁者，恐怕就得由文化路到农业路、由天桥北到天桥南了。

当然，我并不孤单。

有人质疑，试题及答案历经数月，经命题组、审核组多道多人拟定，却因部分家长的压力，经不公开的专家论证，在一天之内，公布增加一种答案，而且原答案作为第一种参考答案，也有瑕疵，实属草率，难言公平公正。

有人痛心，三年的学校教育毁于一旦。应用题的考试，从来就不是简单考查计算能力，还有理解能力、生活常识、综合应用能力等。此题虽然考的是数学，但语文是基础，理解本身就是错误的，计算正确与否又有什么意义呢？

有人调侃，昨晚是那一部分家长失眠，今晚是这一部分家长失眠，如果家里有双胞胎考生，而且答得不一致可怎么办？高中入学第一句话会不会是："你是考进来的，还是闹进来的？"这道题没答或答错的，也可以去闹，因为你"文字表述上不够精准"，我才这样的。

大家提出了各种应对之策，最后要效仿那一部分家长的行动成为主流声音，并当即组建了"二十一题只有一个答案"QQ群。

牛牛也加入了此群。

与匿名的各种群相比，实名的班级微信群相对安静。

此前，对于家长的相关询问，班主任一直沉默，官方说明发布之后，她也只是转了相应链接而已。其后，又有几位家长在群里先后转了此链接，立场尽显。

我似乎看到了他们脸上诡异的笑容，一时兴起，复制粘贴了一段话："官方说明存在明显的前后矛盾，就像说，这个人是男的，性别不存在问题，但由于他扎了一个辫子，让一部分人产生理解偏差，所以这个人既是男人，也可以是女人。"

马上有家长回应：

"做人，最重要的是格局。"

"不加这十分，不会影响我孩子的前途；加上这十分，也不会影响你孩子的前途。"

"在群里发这些有什么用？有本事你也去省教育厅，让他们把答案改回去啊。"

　　6月28日上午，牛牛赴省教育厅现场，并发来图文报道。

　　她说，群成员有将近一千名，但到场的只有四十余人。不过，群里其他地市的家长也去当地教育局行动了。一开始无人搭理，后来有人出来让递交书面材料，然后劝大家散去，但大家不为所动。又说，当日省内媒体均以官方说明为准发了报道，家长们认为，应该联系省外媒体。她建议我给南方某报打电话，反映此事。

　　虽然感觉人家对此选题不会感兴趣，但我还是照办了，并应接线员要求，整了一篇文章发过去。其间，在牛牛的牵线下，数位家长向我表达了自己的观点与诉求。

　　晚上，我俩与马骁就数学第二十一题交换意见。他说，他当初审题不仔细才做对了，如果再认真看两遍，估计也会按另一种方法来解答。又说，不过，从个人角度来讲，自然希望能维持原答案。

　　我与牛牛推测，从马骁的估分情况来看，他的成绩应在六百二十分至六百三十分之间，而去年省实验的录取分数线是六百四十二分，即便无此事影响，恐怕也悬。

　　我对她说："其实相关部门有更好的处理方式的，比如一开始就坚持这道题和参考答案没有问题，说这就是个坑，单等着让理解有偏差的考生往里跳呢。不是有老师说了嘛，这道题'容易产生歧义，估计会造成学生丢分'。今年的数学题本来就简单，否则如何拉开差距？"

她提醒："那个公众号已经删除那篇考卷分析文章了，不过有网友事先截屏了。"

"那位老师两头不落好。家长这边就不提了，官方说明也只是说这道题'不存在科学性错误，但在文字表述上不够精准'，自始至终没有说'有歧义'，承认这一点是要有人负责的。"

"想要官方推翻自己，再发声明，我看是很难了。"

我就此事发了朋友圈。

有朋友说，听说过有不同的方法，没听说过有不同答案的。他的身份未明。

有朋友说，他儿子是第一种答案，女儿也是，不过他女儿只答了一问。他的一对龙凤胎儿女今年也参加了中考。

有朋友说，很简单，题出得有毛病，要么废除这道题，要么不分对错都给满分。他的孩子刚学说话。

中学数学高级教师易卫东先生曾经说过："学习数学的目的并非仅仅学会一些数学知识，更重要的是学习分析和解决问题的方法。数学是思维的体操，即使是不以数学为专业的人文学者，懂得一些数学知识和接受一些数学思想方法的训练，也一定不是坏事。"

身为数学教育工作者，他也不断反思现行的教育理念与做法。比如他对学科德育的思索："以前我们讲学科德育，想要把德育渗透到学科教育中去，但多数都陷入了一个误区，比如数学课讲勾股定理，就说中国古代的数学家比外国的数学家早多少多少年发现了这个定理，于是同学们就有了民族自豪感，这就是数学课上的爱国主义教育。其实，如果我们把德育着眼于学生品德与人格养成，那么学科课程教育的内容、过程、方式、活动、要求本身，就存在着品德、人格的形成和发展的要素，教师组织学科课程教育活动，也就是实施品德、人格的养成教育。比如在数学教学的过程中，结合学科特点，培养学生实事求是的科学精神，克服困难坚忍不拔的意志品质，就是学科德育的实施过程。"

就这道题，他认为，虽然题目也有不严密之处，但第二种解答显然是错误的。

然而，这件事的矛盾已超越一道数学题了。

此时，再看杨葵先生的如下一段话，我竟有了别样的感觉："努力拓宽自己的大局观，力争将自己置于更大的背景下思考和看待问题。……用一位数学家的话来说，至少应该明白，'数学的概念、思路与方法是我们整合各种物质、社会与精神世界现象的工具'。既然是'我们整合'，表明了数学的人为性，千万别把数学、物理这些当成是孤立存在的，它源自人类主动的行为。"

6月30日，全省开始评卷。

几天以来，家长们进行了种种努力，但收效甚微。

　　　　　　　　　　　　　　　　写心

有人在"二十一题只有一个答案"群里转发相关文件，其中提到，"各地在评卷过程中，要按照专家评估结论，科学严谨地评分"。

群主非常失望，劝大家退群，有人建议不能退，不过群人数还是瞬间出近一千人减至七百余人。

我对牛牛说："家长在分化，水面渐平静。"

她说："不排除退群者里，有卧底或看笑话的，但更多的会这么想，反正对方加上十分对自己影响也不大，他们的孩子要么超牛，要么大、小三甲无望。"

"你说，等考生分数及学校录取分数线出来，会不会有深受其害的考生及家长做出过激的举动，比如自残甚至自焚？"

"不会吧？这样做成本也太高了。"

"文件中说，对于中考数学命题过程中出现的问题，省教育厅正在抓紧调查处理。我想，最后，相关部门会推出一个'临时工'来扛罪，甚至不了了之——这种剧情我们已经看过许多遍了。几千年以来，社会就是这样运行的，这是社会的真相，只是让十五六岁的少男少女提前认识了罢了。"

次日，此群解散。

7月8日中午，经在网上查询，马骁的中考成绩如下：语文九十八分，数学一百一十七分，英语九十五分，物理六十八分，化学五十分，历史四十二分，思想品德六十七分，体育六十六分，理化生实验三十分，总计六百三十三分。

比我预计的要好一些，不过离马骁理想中的分数还是要少十来分，所以他有点小失落。我劝他安心去上文博高中，重整旗鼓，不必太在意中考的得失，一切等到九百九十九天之后再见。

我留意到，牛牛新近为马骁买的水笔替芯盒子上，有这么一句话："高考路漫漫，你要整盒买。"此前，"2017冲刺大三甲"群，已更名为"2020冲刺清北"。不言而喻，"清北"即清华大学、北京大学。

次日下午，某辅导机构召开家长会，牛牛与会。

辅导老师认为，不要相信大实验共享师资的说法，可将学籍放在文博，但在省实验上课。此举需要通过初中班主任来操作。

会后，牛牛询问班主任，人家却说之前没听说过这种操作，不过她会留心云云。

得知这个信息，我问马骁的意见。

他说，班主任曾展示过 PPT 文件，从往年高考一本上线率来比较，省实验非重点的平行班比文博的实验班成绩还好。又说，如果没考上省实验却在那里上课，他会不好意思。

他的意思我明白了，那我们就先往这方面努力，但是不可只寄希望于班主任，还需另寻门路。

三年前，马骁小升初时，之所以敢给他报枫杨与文博，没拉开档次，更多缘于有两位有人脉的好友。她俩先后表示，只要马骁考得不是太差，可以帮忙运作进文博学习。所幸他当年考进去了，没有让我惊扰相关人等。

此时，情况就不一样了。

我先联系了王君。其闺蜜的结论是，文博的实验班更好。如果非要花费几万元，还不如将之投入辅导班。

又联系了刘君。我说到花钱一事，她说，如果她朋友能办，是不需要花钱或花不了多少钱的。她让我用一天时间跟家人商议，次日晚间确认选择。

为此，我征求了多人意见。

孟君问了省实验的老师，回话：省实验的平行班更好，能进就进。

王君再次询问闺蜜，回话：省实验的平行班不如文博的实验班，尤其是实验 A 班。

肖君作为文博老师，回话：从小班级氛围熏陶来说，文博的实验班好；从大年级整体影响来说，省实验的平行班不错。可根据孩子的实际来选择。

跟牛牛说了各方观点，我俩不禁面面相觑。

她说："从群里传的各校录取分数线来看，大三甲自然没戏，不过小三甲等学校，马骁没有任何问题。早知道现在这么纠结，当初就不该听班主任的建议。"

晚上，再次问马骁，他仍是原来的意见。

我问及除了一本上线率的差别之外，还有什么原因，他说当然有，"我想上省实验"。

随即，我给刘君回话，并按她的要求，发去马骁的相关信息。

不久，她回复，已将信息转达，朋友说得到录取分数线出来。

7月26日上午，班主任给牛牛打来电话，通知马骁已被文博的实验班录取，让她下午带着相关证件及学费去学校办理手续。

此前一天，看到不同的自媒体纷纷发布相同的2017年郑州市市区普通高中录取分数线，我就提醒刘君，可以行动了。得知牛牛转告的消息，我忙给她打电话。

中午，刘君回复：校长电话打不通，一两个小时另找他人也不现实，不如先交费，若将来事成，学费应也可退。

录取通知书领回来了，牛牛对我说："今年文博高中部的招生状况特别好，外地考生是六百三十分以上的免一学期学费，本地考生须六百四十二分以上才这样。"

我说："今年省实验的录取分数线才六百四十二分，和去年持平，本地考生有那么高的分数，就去上省实验了啊。"

"有没敢报大三甲，但考试超常发挥的学生。我听别的家长说，录取的学生里，就有一个考了六百五十八分的。"

"如我所料，今年的录取分数线，小三甲中，四中是六百四十一分，比去年提升了十二分，已接近大三甲。"

"我给你说过的另一个班某位同学的妈妈，最后没听班主任的建议，第一批次第二志愿填的还是四中。她孩子的分数两所学校都没够上。今天班主任通知她时，报喜之余，还语带讥讽。"

"不过，如果她报了其他小三甲，就能被录取了。十一中的分数线是六百二十五分，和去年持平；七中是六百二十四分，比去年提升了四分。马骁也是这样。和文博高中三年的学费两万四千元相比，这些公办学校的学费简直可以忽略不计。"

虽然这么想，但我还是将刘君的话转述给马骁，让他不必为学费有什么压力。

他说："我已不抱幻想了，省得将来心又乱了。"

7月28日中午，牛牛接到班主任的电话，说让马骁参加次日举办的省实验竞赛班初试，如果通过，8月1日至10日会组织培训并复试。

牛牛有意让马骁经经场，但他放弃了。他说，竞赛班非他所愿，而他若参与，也不可能应付，既然考上考不上都影响心情，索性不参与。

在马骁报的暑期新高一预科班课程结束后，我们一家赴云南旅行。

8月3日下午，我们在大理大学，仰观苍山云雾，俯视古城全貌。

校园里的树木上都挂着农生学院2012级生物技术班设置的牌子，上面除了相关的中英文名称、所属科目，还有不同的语句。

两处天竺桂的牌子上分别写着：

"到处皆诗意，随时有华物。"

"请铭记这棵树和树下身边的人。"

我看看身边，只有牛牛与马骁。

一处荷花玉兰的牌子上写着："因上努力，果上随缘。"

我思量了一会儿，才明白说的是"尽人事，听天命"，或者"只问耕耘，不问收获"。

受教育了。

8月11日，马骁到文博高一（二）班报到，并投入为期一周的军训。

两周后，开学第一天，无论文化路、天桥北，还是农业路、天桥南，大实验全体学生一起学习了一位农民工的寄语。

暑假期间，省实验对教室内墙进行了粉刷。因为工期紧，工人们就在学校的一个教室休息。工作结束，临走时，工友刘大刚在黑板上写下了一段话："不奋斗，你的才华如何配上你的任性；不奋斗，你成长的脚步如何赶上父母老去的速度；不奋斗，世界那么大，你靠什么去看看。一个人老去的时候，最痛苦的事情，不是失败，而是我本可以。每个人心里都有一片海，自己不扬帆，没人帮你启航。只有拼出来的成功，没有等出来的辉煌！"

2017年12月17日

写心

履痕录

淘书是一种补课

小时候，我敬畏并渴求印着字的纸质读物。床边墙面上贴有报纸，报纸字里行间展示的外面的世界，在临睡的晚上与将起的早晨，给刚刚发蒙的我以最初的诱惑与满足。

我家原来只有一个书架，上面放满了父亲的医学书刊，而我们的小人书，只有屈居于纸箱里。某日，父亲找来一截木头，取出工具，一番锯砍锤钉之后，便诞生了一个简陋又实在的书架。我们将小人书从纸箱里解放出来，刚刚还空空的书架，不久便装满了我们的欣喜。

年岁渐长，小人书已不能满足我的胃口，而手边文字多的书，多"少皮没尾"。我那时便读过这种形态的《野火春风斗古城》，而且还是竖排繁体。后来到县城上高中，一次闲逛书店，我一时脑热，买了此书的新版，却再无兴趣阅读，只有束之高阁。

我的私人阅读史里，李明性的长篇小说《洪流滚滚》值得一提。此书由河南人民出版社于1975年11月出版，写的是豫皖苏三省人民团结治水的故事，其间，有阶级敌人搞破坏，高大全的正面人物与之展开了两条路线的斗争，最后取得了胜利。有一天，表哥来访，看我正读得津津有味，说："这书没什么意思，不读也罢！"然而，当时可供选择的书太少，有点意思的书又都被我读完了。多年以后，我来到省城工作，与李明性有过一面之交，很想告诉他，我读过他的《洪流滚滚》，却最终没有说出口。

读物匮乏，免不了要将别人的书占为己有。上初中时，我便在姑父那个村的图书室偷了书。其时，图书室瘫痪已久，村人要培育果蔬苗了，就会到那儿抽几本书，拿回来撕了用。姑父知道我爱看书，便指点我潜入图书室，拣几本书看。我翻腾了半天，却发现尽是些1970年代出版的书，政治味儿很浓。对我来说，那些书仅仅是印了字的废纸，被村里人拿去培育果蔬苗也算物尽其用了。挑来挑去，我只拿了几种《十万个为什么》，悻悻而去。

每次回老家，过目书架时不免慨叹，成长的过程中，是这些如今再也不愿翻阅的书陪伴着我，而不是别的更好的书。现在想来，它们之于我，仅有的意义，就是唤醒并维护了我阅读的热情与习惯。

由于成长的历程与太多的好书无缘，所以步入社会后，我无论是在书店做采购，还是在杂志社做发行，游走于不同城市的时候，不爱到各种景点游玩，而是爱将时间与精力用在访书上。我总认为，景点再过几十年还会在那儿，但有些书错过了，就很难再遇见。而寻访当地的旧书店与旧书摊，买些心仪的旧书来读，可谓一种补课。

北京的潘家园、南京的朝天宫、太原的南宫、南昌的文教路、天津的古文化街、株洲的湘江边等地，都曾留下我的足迹，也都曾为我的书架增色。

相对而言，我对1980年代的出版颇为信任，其时，出版界渐渐摆脱极左意识形态的束缚，媚俗的市场化还不是主流，编辑态度认真，让人放心。那时一本书的出版，至少需要一年半载，这一点，对比序跋写作时间与出版时间即可知晓。其间自然有"铅与火"式的制版印刷误时，但编辑的严于审校也是重要原因。

即便如此，失误终是难免。在我淘书的经历里，不时可见那个年代的出版物中夹着勘误表，那是书印成后，又发现了校对失误所采取的补救措施。及此，虽然也有吃到沙子之感，但还是会为出版者的认真而感动。

在《笑口常开》一文里，贾平凹记述了一则关于签名书的趣事，说是有一签名书流落街头旧书摊，作者见了，买下再次签赠给那个人。生活中恐怕很少见有如此举动的作者，不过，市场上流转的签名书却并不少见，到旧书店、旧书网转转便知。

有一次，我到潘家园逛旧书市场，偶翻《穆斯林箴言妙语录》，忽见扉页有第一编者汪玉林的签名，题赠给"俊林女士"，再翻翻内容，可以一阅，便以两元购得。

还有一次，我与朋友在潘家园见到一本《成语与佛教》，扉页有作者朱瑞玟给妹妹朱瑞珊的题签，便以五元拿下。此书末页有朱瑞珊的三段笔记，如下：

1. "河东狮吼"如此好成语，缘何忘写？——瑞珊于90.4；
2. 引典之局限：（例）"三姑六婆"，不止《红楼梦》，在《醒世恒言》中亦提到："……但凡好人家儿女，万不可理会那三姑六婆……"——92.1；
3. 序中应提及佛教在中国的发展，甚于中国的道教，生命力极强，流传至今，与中国文化的结合，产生了大量的成语。

阅毕，我对朋友说，很明显，朱瑞珊是认真读了的，而且她的水平似乎比她大姐要高。只是不知她是否已把这些意见告知对方，以完善其著作。

自然，去外地买书属于拾遗补缺，我书架上的主力军，收编自郑州的书店与旧书市场。检阅其队列，不由得感叹，书比人长久与否不得而知，但毫无疑问，书要比书店更长久。

来自郑州国风购书广场的《正午田野》，来自郑州新概念图书大厦的《郑智化·私房话》，来自郑州华腾购书中心的《太阳升起以后》，来自郑州席殊书屋的《成年礼》，来自郑州金版书店的《遍地药香》，等等，依然整齐地排列于我的书架，可那些书店却先后消失了。

由于曾在书店工作，我对经营的不易体会更深。当下身为读者，又能怎么办呢，只有多去身边的书店买两本书了，这总比其关张之后的一声叹息来得实在吧。

旧书市场也好不到哪儿去。从郑州大学金水河畔，到河南省工人文化宫广场，再到郑州古玩城，无论它去哪里，盗版书总是如影随形，最终，劣币驱逐良币，所谓的旧书市场也名不副实了。

所幸我赶上了光明的尾巴，在二十世纪最后几年淘了不少好书。那段时间，每隔半月，我必去一次，而每次前往，多有收获。同类的书呼朋引伴，纷纷驻足我的书架：《普希金抒情诗选》唤来了"诗苑译林"系列，《新诗杂话》唤来了大家小书系列，《官场斗》唤来了相声系列，《语言漫话》唤来了语言文字系列……

心里有，眼里就有。一次逛旧书摊，一本《校园诗歌选》吸引了我的目光。见是郑州铁路机械学校刊印的，便拿起翻看。孟庆玲、丁玲芳、李定、王辉……作者大都是些熟悉的名字，有没有窦志山呢？再翻，果然有，此书收了他两首我没读过的诗作。这是一本地平线诗社的诗歌合集，其中诗作，我通过窦志山的介绍已拜阅一二，打开此书，犹如揭启那些尘封的往事，一时百味杂陈，毫无犹疑地将其请回。

1990年夏，我与初中同学窦志山挥别，走上了不同的道路。我到博爱一中读书，他则远赴省城，在郑州铁路机械学校学习。随后，他加入地平线诗社，不断寄来胶印的《地平线》社刊以及他的诗作。我当时办着《新星》文学手抄报，常常选载诗社的作品，那些诗歌，使手抄报的内容更丰富，避免其沦落成作文报。他曾送给我一本《地平线诗集》，虽印制粗糙，却难掩少男少女思绪的弥漫。经由地平线诗社，我得到诗歌最初的启蒙，那些诗人如此陌生又如此亲切，我徜徉于他们的诗作，唇齿留香。三年后，我追随窦志山的脚步，来到郑州，他却毕业回到家乡，在月山机务段用当年写诗的手开起了火车。

《校园诗歌选》是在窦志山离校后编选的，他对此一无所知。某次他来郑公干，我将这本书送给了他。不料，由于相谈甚欢喝得尽兴，他回住处时，将此书落在了出租车上。此后，我又先后觅得两本，一本自留，一本寄给了他。如此再三出手，无他，只为纪念我们的青春。

"一切事物只要掺杂了记忆，就会在心里产生双倍的效果。"克尔凯郭尔所言非虚，淘书即如是。

2019年3月23日

书　　缘

一个人的阅读经历并不仅限于读书本身，还涵括了与之相关的一切。

我书架上的书，大都是游访各地书店或旧书摊的结果。每当仰望这个队列，即便不翻阅，胸中亦是盈盈的欣悦，思绪也随之四散蔓延。书架上分明不再只是书的陈列，也有着过往岁月的铺排，让人感叹。

比如《古小说论概观》（黄霖著，上海文艺出版社1986年6月第1版）。2001年6月1日上午，赴沪公干之余，我转到学林出版社读者服务部，撞见了这本书。抽出翻阅，发现其中夹有责任编辑郝铭鉴先生毛笔书写的手札一通，遂以六角钱购得。

"雷公：送上黄霖的大著。武汉杨人猛的来稿，我意稍作删削后可用，你可有意见？请即示知。敬礼。郝铭鉴。六月卅日。"此函没有注明年份，不过由写信时间与黄著出版时间推断，当为1986年，不知为何流落至此，也不知耽误事没？

郝铭鉴先生我是知道的，他主编的《咬文嚼字》我每期必读，可"雷公""杨人猛"的情况，当时我却是一无所知。

那时，我已经离开工作多年的郑州三联书店，到百花园杂志社供职。几年后，我着手整理自己的书店生活，写了《我曾经侍弄过一家书店》，先在张立宪先生主编的《读库》上刊发，后又增补相关内容，出版了单行本。此书出版后，一些媒体刊发了书讯、书摘、访谈、书评。

2012年国庆长假后，我收到了一件包裹。打开来看，有题签本《任蒙散文选》《任蒙散文研究》，以及任蒙先生写于2012年9月10日的信函——

马国兴先生：

您好！请恕冒昧打扰。我是武汉一个业余作者，看到北京一家报纸刊发您的大幅文章和图片，甚为高兴。因为几年前我曾在网上读到一篇博客短文，是您记述自己在上海学林出版社读者服务部买了一本旧书，书中夹有郝铭鉴先生书写的一纸便条的旧事。郝先生在便笺中为编发杨人猛的稿子与"雷公"相商，这个杨人猛就是我。所以，我记住了您的大名，并获知您在百花园杂志社任职。

郝当时是上海文艺出版社副总编辑，"雷公"是学林出版社社长雷群明先生。他们当时由几家出版社联合办了一份面向编辑工作者的刊物，叫《杂家》。我那时在《长江开发报》(武汉)任副总编辑，意外发现上海办了这份刊物，就给他们投稿，于是就有了书信往来。后来我去上海，他们两位还接待过我，估计刊物的编务以他们两人为主。我们在上海相见时，是1991年。

那时，我启用笔名已有几年了，但他们习惯称我的本名。记得我给他的几篇稿子全都发出来了，他们的编辑作风非常严谨，工作很细致。因此，您所担心的因这张便函误稿的事，是不存在的。

郝老师后来创办了《咬文嚼字》，再后来听说他退休了，我们联系得很少，只是在几年前他给我寄过他谈语言文字的新集。

以此致谢，我们以后多联系。

任蒙先生信中提及的"北京一家报纸"，是指《都市文化报》。2012年7月19日，于晓明先生主编的该报"书脉周刊"，在"推荐"版整版刊发《我曾经侍弄过一家书店》书摘《不同的书店，一样的灯光》，配发书影及我的照片。郝铭鉴先生"谈语言文字的新集"，当为《文字的味道》，我曾购阅，受益匪浅。

阅毕任蒙先生的来信，解疑释惑之余，不由得感叹网络时代的神奇。于是利用网络，深入了解相关情况。

《杂家》为综合性双月刊，于1986年1月创刊，由上海市编辑学会主办，学林出版社出版。它以各类图书、期刊、报纸编辑为主要服务对象，同时兼顾文化、艺术、教育等部门较高文化层次的读者，反映编辑的思想、工作、学习和生活，向编辑提供各种新鲜、扎实、有益、有趣的资料和信息，帮助编辑提高水平、扩大眼界、开阔思路，更好地搞好编辑出版工作。设有"杂家论坛""杂家沙龙""杂家列传""编辑忆旧""书话录""书评剪辑""海外书讯""人物志""采撷篇""新百科"等二十几个栏目。曾与《博览群书》《编辑之友》《书林》《编辑学刊》《文汇读书周报》联合评选"1986年度图书金钥匙奖"。现已停刊。

关于刊名的由来，或许可以从郝铭鉴先生《想起了三位老局长》一文窥知一二：

> 还在学校读书时，我就读过罗（竹风）老发在《文汇报》上的《杂家》。那天我们就从《杂家》谈起。罗老告诉我说，《杂家》的主旨是为编辑说几句话，并不是要谈编辑工作的性质；但把编辑称为"杂家"，还是恰如其分的。罗老一再强调，编辑和学者不同。在大学里，你可以是专门研究李白的学者，专门研究杜甫的学者；可在出版社里，编辑很难做到专编李白，或者专编杜甫。编辑是被稿子牵着走的，不做"杂家"行吗？只有眼观六路，耳听八方，广采博览，兼收并蓄，你才能适应编辑工作，变被动为主动。
>
> 罗老还对我说，编书人首先应该是读书人。审稿其

实就是读书。看一个编辑的加工质量，就知道他有没有读进去。一个编辑，要和那么多的大学者、大作家打交道，要做那么多的学术著作、文学著作的"第一读者"，这是多么幸运的事啊！教师得天下英才而教之，编辑则是得天下杰作而传之。干编辑这一行的，一定要懂得珍惜，懂得积累，在编中学，在学中编，每编一本书都要增加一点新的知识，站上一个新的台阶。罗老说话，乡音浓重，但每一个字都能听得真切。他的这一席话，激起了我对未来工作的无限憧憬。

《杂家》编辑部当年没有一个专职脱产人员，编辑工作全部是在业余时间进行的，他们决心学习邹韬奋等老一辈出版家的精神，摸索出一套办刊的新经验来。志同道合使得雷群明先生、郝铭鉴先生等人克服了种种困难，竭尽全力地为各位身为书报刊编辑的读者与作者服务。由《古小说论概观》所夹郝铭鉴先生手札，可见一斑。

不禁羡慕任蒙先生，曾经赶上了那么一个时代，遇到了那些严谨而又热心的人物。任蒙先生本名杨人猛，早年写诗，后以文艺理论、随笔、杂文创作为主，1990年代以后主要致力于散文写作，先后荣获首届全国孙犁散文奖唯一大奖、冰心散文奖等。细细翻阅《任蒙散文选》，随之徜徉山水叩问历史，叹为观止。

合上书，回想上述经历，感慨不已。这种由书而来的缘分，值得珍惜。我复印了郝铭鉴先生的手札，连同《我曾经侍弄过一家书店》一起寄给了任蒙先生。在自己的小书扉页，我题写了一句话："书来到你的手上，就好像我去了远方。"

2013年3月12日

写心

日 记 情 缘

写日记的习惯，始于1988年，我上初中二年级时，迄今已近三十年。以一年一册计，累月经年，已近三十册，总字数在百万字左右。

写日记，起初是语文老师的要求，后来就渐渐由"要我写"变成"我要写"了。因为我发现，日记本就好像自己的一位挚友，成长中的痛苦与欢乐，尽可以向他倾诉，而他也会为我保守秘密，伴我安全度过那些迷茫与脆弱的时刻。

为此，在高中时，我还以对话体记录日记，虚构了一位超然物外的人物，对生活中的我加以理性指导。

写日记之所以能坚持这么久，更多缘于乐趣，而非毅力。此举为我积累了创作的素材，锻炼了自己的文笔。

说起来，我目前出版的几本书，皆与日记有着千丝万缕的关系。

比如《我曾经侍弄过一家书店》。

2009年春，为核实相关信息，我搬出在郑州三联书店工作期间的日记。翻阅时，思绪纷飞，感叹不已。遂决定：一段时间内，不再买书读书了，将历年日记好好阅读整理一下。

整理日记无疑是一个浩大而复杂的工程，首要的问题是：从哪一年开始着手呢？我最终决定由1996年起头，因为那一年我进入书店工作。在内容选择上，我偏重与书、书店、书人相关的，尽量保持原貌，辅以背景介绍与今日观感，立体化呈现一个读书人的成长，以及书业发展的脉络。

在此之前，从2008年开始，我按月整理访书读书日记，命名为《流水行云》，发布于博客，与同好交流。对于整理后的从1996年到2007年的日记，我将其命名为《往日志》，可谓"《流水行云》前传"。那十二年，恰好数了一轮生肖，于是，我便以十二地支对应命名。

整理过后，从1996年到2001年的日记，合计五万六千余字，基本上将我在书店工作时的生活提炼出来了。2001年之后的，大都是粘贴现成的读书笔记《如是我闻》而就，无趣许多，再难见前几年那成长的痛感与快感。总体来看，前期没有一本书的读后感，尽是翻阅人生大书的经历与感受；后期却倒了个个儿，尽是纸书观感，工作和生活波澜不惊，几乎不足挂齿，大都没有录入。

2009年11月19日，延续了两个多月的《往日志》整理告一段落。右手握住左手，我用力地祝贺了自己一下。

《往日志》整理出来后，我先是将其发布于博客，随后精选书店那五年的日记，取名为《贩书者日记（1996—

2001）》，后来在《天涯》杂志"民间语文"栏目发表。

不过，那些文字毕竟只是资料与素材，失之于杂乱。在此基础上作文，才有意义。我沉下心来，用了将近一年的时间，完成了书店生活系列文章，系统而深入地开掘了自己的那段经历。

写作之前，我确立了一些原则，其中关键点是避免涉及个人隐私与商业秘密。体例上，我选择了纪传体。因为如果以时间为序流水账似的记述，突出不了重点，不易说透对象。而以专题分别来讲，就显得条理清晰、脉络分明，举凡出入书店的读者、作者、同事等人物，书店的营业、邮购、签售等服务细节，书业的排行榜、书评、订货会等元素，让人一目了然。

2010年10月，《我曾经侍弄过一家书店》刊发于《读库1005》。2012年6月，单行本由江西高校出版社出版。

回过头来，再说《贩书者日记》。

2016年春节前，天津蚂蚁和海洋书店的李恒在网上联系我，说他计划编选一卷《贩书记》，而且他读过我发表在《天涯》杂志上的此文，想将其纳入其中。我表示支持，并说那只是书店五年日记的一小部分，随后，将全文发给他选用。

半年后，《贩书记》到手，开本很趁手，颇有感觉。及至读了李恒的编辑手记，我方才领会他的良苦用心。

此书收录了三人的文字，分别为在新华书店旗下科技书店工作十九年（1977年至1996年）的菲女士的口述记录，在郑州三联书店工作五年（1996年至2001年）的我的日记，以及布衣书局创办人胡同的十一年（2005年至2015年）贩书日记。李恒说："其实从2002年开始，胡同就已经在网上卖书了，这样看来，简直是'无缝对接'，这样的巧合，让人幸福得直哼哼。"

三个人，三种业态，近四十年内地书店的历史，于此可窥一斑。

借此机会，我又重温了自己的书店生活。虽说日记皆出于自己笔下，但时隔多年，读来依然心神激荡，夜不能寐。

这当然也有李恒的编辑之功。他在"编辑手记"里写道——

相对于胡同的百万言，马老师的十几万字就轻松了许多。而且他会将同一件事的前后记录都整理到一起，读起来更加有层次感。经过他的整理，这部五年的日记，简直像小说一样有趣。我的任务就是，让小说的线路更加明晰。

日记开始，马老师就陷入了生活的困境：过年侄子来拜年，可是身上又没钱，只好拦着侄子不让磕头。后来终于被张俊鹏经理相中，有了饭吃，可是发工资还要等上一个多月——这样的日子我颇有同感，于是编辑思路也渐渐清晰起来：马国兴在书店里的成长经历。于是我摘录了这样一段话，置于他的日记篇首："那是我最难忘的时光。时隔多年，我依然可以从字里行间，感受到自己拔节成长的痛苦和欢乐。"

第二条主线，在马老师的日记当中慢慢浮出水面：他在书店遇到了自己未来的妻子——小牛。一牛一马，这样的巧合也让人忍俊不禁。我忍不住将他许多心理小活动都保留下来。这样的日记才有血有肉。日记始于一个刚毕业没饭吃的青年，结束于小牛开心地告诉他，她怀孕了。这样圆满的故事，让人心生温暖。

是的，一册日记凝结了一段时间里我的经历和感受，近三十册日记依次排列，便串联出我这三十年的青春岁月。虽说是斑驳的片段，却依然可以读出一个年轻人追求上进的成长历程。

生活还在继续，写日记也是。

2017年10月1日

书店姻缘

"某男嗜书，因初入社会，囊中羞涩，常至书店蹭书，每日阅数十页。始，临别不忍折页标记，夹以白纸一条，然或为店员抽离，或为读者移位，续读难辨矣。无奈之余，再别时，更以字条，道实情，求高抬，果遂愿。一日，忽见字条上有人跟帖，表赞佩，话此书观感，乃知音之言也。男在其后致谢，留己通联，求面谈。数日后，某女来访……"

这是我早年臆想中的一桩书店姻缘，当然，其结局开放多元，未必完美。因缘书店成就的姻缘，有读者与读者、读者与店员、店员与店员三类，前两者我未曾得见，而后者，就让我给撞上了。

那时我是郑州三联书店的店长，有两个部下，小牛是其中之一。起初，我对小牛并不特别在意，只是在开发票时，写到"收款者"是"牛"，"开票者"是"马"，不觉莞尔。过年放假，我和她分别几日，再见时，说过"新年好"之后，竟再也没有什么话了。由于当时我倾力于书店事务，无暇他顾，引来同事调笑："小马在许多方面都挺勤快，就只有一点不勤快（我心忽地一紧）——在对待终身大事上不勤快，（哦，原来如此！）但也许暗地里特别勤快呢！"

　　暗地里，我只是在观察而已。当我觉得同样踏实勤快的小牛值得交往时，却又顾虑重重。闲翻王小波的《我的精神家园》，在李银河写的后记里，我读到了王李的恋爱逸事。王小波刚结识李银河时，某日问李："你有朋友吗？"李如实相告："尚无。"王又问："你看我怎么样？"我不认为此乃虚构，也不认为这是王的"滑头"，谈恋爱也是需要技巧的。说心里话，原来我就曾想过要这么说这么做，可是看到这个故事以后，我又犹豫了——小牛应该也翻过此书，她不会认为我剽窃王小波的创意吧？如果她说自己有朋友了呢？即便万事顺遂，另一个部下会怎么看？经理会怎么想？你看，别人会说："门市都成小马和小牛的夫妻店了。"问题是我和小牛仍然还只是普通的同事，而别人也没有这样说，我倒已经想到了，唉，提前预支的苦恼。那就先不和小牛提心思吧，但我又实在不甘心就这么错过她。

　　后来，这个死结因为我由门市调到采购部而得以解开。新年在即，我买了一打邮局发行的有奖明信片，除了给外地亲友寄去祝福和思念，还有三张，我寄给了自己和门市的两位同事。在给小牛的明信片上，我写道："许多年后，当牛桂玲回首往事的时候，最感欣慰的是，在自己二十一岁时结识了……"

为写那一年的工作总结，我翻看自己的日记，有关小牛的记述不断跳出来，甚是扎眼，忽发奇想：将这些内容抄录下来，给小牛姑娘看。有些话是说不出来的，用文字表达也许更合适。我随即行动，成就洋洋五千余字，赶在寄给小牛的明信片送达之日，奉送给她。那时，郑州三联书店都是手工记录销售图书的，某日，我查看售书记录，见小牛将周国平的《爱与孤独》误记为《爱与狐独》，便开玩笑地说：也对，也许爱都是"狐独"（糊涂）的吧——在信中，我便将自己在书店值夜班居住的六平米小屋，命名为"狐独斋"。

不日，小牛回送了我一封信，并说："风雨人生路，你将是我心灵的归宿！"我心潮澎湃，说了声"谢谢"，本想上前与她握手，最终又没有这么做。那与其说是一封信，不如说是一颗滚烫的心！阅毕小牛的《我愿意在红地毯的那一端——等你（写给小马）》，幸福感遍布每个细胞："许多年以后，当我回首往事的时候，最感欣慰的是，在二十一岁时结识了一个温柔的你（小老虎）！小马，我愿意靠近你，并肩和你走过漫漫风雨人生路，更希望你能从你的'狐独斋'里走出来，因为：我愿意在红地毯的那一端——等你！你的小牛。"

书店姻缘日常的琐屑里，自然少不了书和书店，删繁就简，捡拾几片吧。

当时，由于同在书店，我和小牛一起休息的时间很少，仅有的，也多是和她一起到不同的书店转，闲聊时，也是三句话不离本行，小牛不免有怨言："谁和你谈恋爱了？我们在一块儿谈的都是工作！"话虽如此说，她接着便对人家的图书摆放、经营管理指手画脚，我乐得不行，取笑她："干脆，你到这儿做主管吧。"

我珍藏着一册《亚玛街》，扉页有小牛题写的"蓝英年"三字，以及我记下的絮语："本书自郑州某书社半价购得，还未翻阅。得知本书译者蓝英年要来郑州'越秀学术讲座'，便有意请其在书上签名留念，惜乎这几日在河南省第四届书市上忙活，不能亲往。爱人小牛得知后，大包大揽，说会托人帮我实现此愿。不料那人最终并未成行，我的愿望落了空。今特请大包大揽者——小牛爱人代签，以解心中一结！"

话说某日，小牛要我帮她写培训总结，说是要写一千五百字——我一听就烦了，这种形式主义的东西出现，绝不是什么好事，还要求写这么多字，便推托了，让她自己写。她说："人家都说了，你守着个作家，这资源不利用能行？"我说："你都接受培训了，总有一些感受，写出来不就得了，难道比生孩子还难？"她回应："生孩子也是你给的嘛，你给我起个头！"

2010年7月21日

呼兰河畔寻萧红

　　每个人的起初都是一条清澈甘甜的小溪，可是他们并不知道，这小溪终有一日要汇入江河，变成那种浑浊的湖水，他们更不会想到，所有的江河湖泊有一日都要汇入海洋，变成那种又苦又涩的海水，回想当初小溪的清凉，颇有一种恍如隔世的茫然。

　　然而，这或许是每个人的宿命，难以逃脱。1940年，萧红落脚香港，这一年她只有二十九岁，却已是历经坎坷，在她的身后，是由哈尔滨到青岛到上海到西安……那渐渐消失的脚印，她的心中，是曾经温暖过又伤害过自己的那些渐渐模糊的容颜。无休无止的漂泊让萧红心生厌倦，回望逝去的岁月，心怀北向之痛，她写出了清丽又哀婉的《呼兰河传》。

　　2003年，二十九岁的我带着一本《呼兰河传》，到呼兰河畔踏寻萧红的足迹。呼兰河是北方一条实实在在流淌着的河，然而对外乡人来说，"呼兰河"首先是一部书的名字，然后，才是河流本身，是萧红为这条河注入了血液和灵魂。毫不夸张地说，许多人和我一样，之所以被呼兰河吸引，完全是因为读了萧红这部以呼兰为场景的小说。

我的第一站是哈尔滨。由于是夏天，哈尔滨如同素面朝天的邻家女子，没有什么味道，让我提不起逛的兴致。或许，冬天的她更让人惊艳吧？便给绥化的文友张爱玲联系，相约到呼兰走走看看。次日，由哈尔滨北行一个小时，我们就到了呼兰县城。县城并不大，人们仍旧是不徐不疾地生活，时光似乎没有改变什么。

不，时光还是有成绩的。站到萧红故居前，我不由感叹，一个人声鼎沸、让萧红爱恨交织的居所，如今竟成为后人凭吊的寂静所在，不过是时光之手翻覆之间就能完成的。每个城市都有自己的心脏，然而真正拥有人文心脏的城市并不多。一如鲁迅故居之于绍兴，沈从文故居之于凤凰，萧红故居就是呼兰的人文心脏。且让我们走进它，感受它的节奏。

物是人非。院落里再也没有了祖父的身影，冯歪嘴子、有二伯、团圆媳妇也已是生命的匆匆过客，正如傍晚那稍纵即逝的火烧云。他们，连同儿时的廼莹（萧红本名），都鲜活地留在了《呼兰河传》里，空留此居，任花开花落云卷云舒。我们在这个极具北方特色的院落里穿行，似乎也在温习自己的经历——经由阅读《呼兰河传》，我们已经在这儿生活过一次了，此行不过是来印证和感怀而已。

院落一角的三间房内，是呼兰的有关部门专设的"名人书画展"。前言中云，1986年故居开放以来，已有五千多位名人参观并留笔墨，室内展出的只是很少一部分。我们巡视一遍，为自己的孤陋寡闻而汗颜，也怀疑自己的艺术鉴赏力有问题。这些名人的作品，多数颂扬之辞颇为肉麻又大而无当，大约到了另一处，对另一人也是可以如是说一番的。"我家是荒凉的"，六十多年前，萧红曾出此言，那是一种热闹里的荒凉，而如今，不过是荒凉里的热闹罢了。

我们认定，萧红不在这荒凉里的热闹中。张爱玲提议，到西岗公园的萧红墓祭奠一下。萧红1942年病逝于香港，葬于广州，呼兰怎么会有她的墓？张爱玲说，这是她的青丝冢。西岗公园甚是普通，有草有树有活动的场所而已，但我从碑记中得知它建立于民国初年后，不由得对创立者肃然起敬。在西方，公园是随市民社会的成熟才出现的，在这之前，有的只是皇家园林和贵族私家园林，平常人难以漫步其间。中国的情况更不必说，就是在前几年，每个城市又有几个公园是免费向市民开放的？

由于张爱玲也是听说西岗公园有萧红墓，并未来过，所以我们免不了要询问呼兰人，却颇费周折。年轻人并不知道萧红的墓就在西岗公园，问年长者，有的指着萧红故居的方向——我们已转遍故居，不可能有遗漏，再说，哪有将墓园设在故居的道理？走走停停问问，终于到得萧红的墓园，却是铁将军把门。一墓一碑，被一圈铁栅栏环绕着，我们望而不得亲近。"要不，翻墙进去？"我们异口同声，相视一笑。这个张爱玲有女性所少见的率性，曾经在众人失约之后，于某年农历八月十六，孤身前往长城赏月。她说："感谢自己，在接受岁月的洗礼时，还让骨子里留有那么一点儿激情、一点儿冒险精神和一点儿浪漫。"

许多事情往往都是在一念之间完成的，比如我们翻墙入园。墓园是呼兰的爱国主义教育基地，在纪念碑文里，萧红被解读为以笔为戈抗击日帝侵华的战士，借此激励后来者奋发图强。我想，一定意义上说，这未尝不是一种误读，或者说是片面的解读，但或许正是由于误读才能保留一些物质的东西，延续一些精神的东西吧。在萧红的墓前，我点燃了一支香烟，权作祭奠。

正沉思间，张爱玲唤我，让我辨认碑旁的树上是什么花。树其实是灌木丛，花是小白花，我一下子还真的说不出来。一边走近一边猜测："难道是——纸花？"果然不错，是用绢纸做成的白花，系在枝条上，经风历雨，已不成样子。可以想象：墓园每年清明前后才开放，学生们来此扫墓，扎上几朵纸花寄托哀思。这不过是另一种荒凉里的热闹。平常铁门紧闭，造就了本城人居然不知有此所在的尴尬情况，而不开园的原因，或许可以从纪念碑上的斑点凿痕和翘起的肖像浮雕窥知一二，这也许是一剑的两刃，让人无奈。关着门，是否是在考验来者，如果真心拜谒，就会如同我们一样翻墙入园？

还是去呼兰河边走走吧。我们决定不再乘坐代步工具，徒步走向呼兰河。一路上也是走走停停问问，收获了不少狐疑的目光，映照出我们的痴傻。终于来到了魂牵梦绕的呼兰河，这条呼兰人的血脉之河。如今的呼兰河依然流淌，水清且缓，哺育着河畔苍生，一如萧红的作品滋润了一代又一代读者的心灵。"呼兰河载着她优秀女儿萧红的名字流向了世界"，萧红纪念碑碑记上的话很好，如果不是《呼兰河传》，又有谁知道北中国还有一条叫呼兰的河流呢？在地理意义上，呼兰河是萧红的母亲，而在人文意义上，萧红却是呼兰河的母亲。

在《呼兰河传》里，萧红借由呼兰河，铺排了一幕幕东北社会多姿多彩的风俗剧。它有面的描绘——呼兰城的人文地理，呼兰人的精神文化生活；也有点的雕饰——祖父、团圆媳妇、有二伯、冯歪嘴子，你方唱罢我登场，十足的热闹，热闹里又透露出伤感和冷清。呼兰人并非完人，呼兰城并非世外桃源，萧红笔下写的是童年和故乡，却尽显阅尽世事的感触，在这里，故乡是自己过往岁月的一块印记，是对生命失去信任或者对韶光流逝感到悲悯时的一种怀念。由此，《呼兰河传》便有了超越时空的意义，我宁愿相信那是上苍的书写，只不过选择了由萧红执笔，而呼兰河只是一个偶然的承载体，可以忽略不计。

在我面前，一条唤作呼兰的河流波光粼粼，无言行进。

2003年8月31日

写心

人物志

钟叔河先生来信笺注

与钟叔河先生通信，缘于第十二届全国民间读书年会。

2014年10月，应舒凡女史之邀，我参加了在湖南株洲举办的此届读书年会。会后，因为公务，我与读友任理先生、巴陵先生同赴长沙。任理先生说，当日下午，王稼句先生一行也会来长沙，次日行程安排有拜会钟先生，我可同往。10月27日下午，我与王稼句先生、陈克希先生、彭国梁先生、姜晓铭先生、吴眉眉女士、任理先生同赴念楼钟寓。

从此，我与钟先生鱼雁往还。

应夏春锦先生之约，今整理钟先生来信，并做笺注，以便于读者理解。

钟先生书信内容，保持原貌，补字用[ ]、改字用【 】标出。

马国兴先生：

我不上网，亦少出门。这几天断续翻看了寄下的书（眼病无法久看小字），方知你"侍弄过一家书店"，并和我只见过几次却可算相知的沈昌文、未见过一次亦可算相知的张立宪有过文字的因缘，心生忻羡。封一上那张藏书票构图很有意思，也很有趣。你还将那图样印到了名片上，即此亦可窥见你爱书爱书写的心思了。《微博天下》和《小小说［选刊］》里都有可读的小文，转载的漫画尤其有趣，使我想起已经停刊的《笨拙》来。谢谢你了。

湖南有个"国资委"年轻干部办了个刊物《湘水》，代为寄上一本请收。

即颂

文祺

钟叔河

2014.12.14

2014年12月18日，我收到钟先生的这封信以及《湘水》（黄友爱主编，第二辑，2014年10月，精装）。

信中提及的"寄下的书"，即《我曾经侍弄过一家书店》。

此书分为三辑："书店传"一辑，描摹出入书店的读者、作者、同事的众生相，记述书店的营业、邮购、签售等服务细节，采撷排行榜、书评、订货会等书业元素，展现书店及书业的方方面面，以及从业者的五味生活；"偏见书"一辑，以书为纲，展示个人的阅历，在书与非书之间，带出内地近年来的出版史，以及对书业的见解；"书生活"一辑，从更广泛的角度呈现读书体验，记述聚书、散书、出书、偷书的故事，并对盗版书、签名书、漫画书予以观察与思考，勾勒一个人的阅读史。

三联书店原总经理、《读书》原主编沈昌文先生，为此书作序《郑州往事》。

《读库》主编张立宪先生（老六），在《读库1005》编发了《我曾经侍弄过一家书店》。

《微博天下》为《百花园》2011年增刊，由我任执行主编。《百花园》及《小小说选刊》均为郑州小小说文化传媒有限公司（前身为百花园杂志社）编辑出版的期刊。

　　字写不好，实在不该乱写，希望这是最初也是最后的一次吧。此上
国兴君

　　　　　　　　　　　　　　　　　　叔河
　　　　　　　　　　　　　　　　　三月廿九夜

2015年4月2日，我收到钟先生的这封信，以及他为《读库偷走的时光》题名墨宝。

2014年冬，经过认真思考，我发愿写一本事关《读库》的书，权作来年《读库》十周年生日贺礼。我先后放弃了日记体、书信体、对话体，确定以一组文章来呈现。全书分为三辑："心经"一辑，存档我多年来关于《读库》的阅读与学习笔记；"流年"一辑，讲述我身为读者、作者、编者，十年来与《读库》交往的幕后故事；"人间"一辑，梳理我与《读库》

部分作者的书缘与情缘。

书名方面，与读友几番头脑风暴之后，我先后放弃了"事关读库""读库缘""读库别裁""读库害了我"等，选择了"读库偷走的时光"。确定后，我约请钟先生题名。

之所以请钟先生题名，缘于他欣赏张立宪先生。

国兴先生：

　　寄枣收到，谢谢。味道比长沙市上买的好多了。你的文字大好，《我》也编排得匠心独具，佩服佩服。祝新书早日出版。

钟叔河顿首

四、十二

2015年4月16日，我收到钟先生的这封信。

《我》为我编印的手抄报，1995年创刊。2005年、2018年先后结集为两辑《纸上读我》。

办这份手抄报的目的，是经由对生活经历的梳理，期望自己得到提升。读者定位为亲朋好友。我不定期地手抄编排，复印若干，代替书信，寄赠亲友。因为有了手抄报，自己就渐渐疏于写信，只在心里宽慰道：一样的内容，各人会有不同的解读吧？

虽然我一直偏爱纸质书刊，但具体到《我》而言，由于后期手抄的部分越来越少，手抄报已名不副实。加之别的原因，

2016年1月，在出版了总第75期之后，《我》休刊。此后，我开通了公众号"杂览"，承担起这份报纸的功能。

信中提及的"新书"即《读库偷走的时光》。

国兴先生：

谢赠佳物，这第一便是你的新作《家长的小升初》，父子夫妻亲情的生动描写且不必恭维，刻画如今"家长"之难做，"教育""用心之良苦"（P131），真是入木三分，连我［这］个四世同堂的老家长亦不能不为之咋舌。你自谦为"习作"，能写出这样"习作"的马国兴，是否经历过如此的"小升初"才"培养"出来的呢？

这期《读库》P257写林汉达的一节我也看了。作者云，"也不能说作者一点也没有自己的东西"，其实何止如此。还记得七十年代初读林氏写项羽兵败乌江，在重围中见到了吕马童，原文一句："若非吾故人乎？"林氏"用北京话再讲一遍"是："嘀！老朋友也来啦！"岂不是"反右"挨斗时遭朋友揭发的翻版？此真与凯【恺】撒被刺死时留下那句"布鲁图斯，你也来啦"比美矣。（布鲁图斯系凯【恺】撒亲信，亦系刺死凯【恺】撒的凶手。）

有个别人所编别人说我的文章的选本，虽不免溢美，却都出于好心。他们还给我做了些精装本（和两位编者共若干本），我自己存一本便够了，故寄上一册以为纪念。

即问

近好

钟叔河

七、七、2015

2015年7月8日，我收到钟先生的这封信，以及题赠本《众说钟叔河》（张中行、朱正等著，梁由之、王平合编，华夏出版社，精装，限量五十本之第十一本）。

在此书环衬，钟先生如是题写："此系他人所编他人记述，虽不免溢美，却出于好心。出版社给了数本，以其一寄马国兴君。乙未夏。钟叔河。"

《读库1503》面世后，因为刊有我的非虚构习作《家长的小升初》，特意奉寄钟先生一册，并向他汇报《读库偷走的时光》出版进程。

信中提及的"写林汉达的一节"，为《林汉达的"故事新编"》，出自孙玉祥的《私人文学史（续）》，亦载于《读库1503》。

钟先生的解读，饱含阅历，体现了他"遇事抒情"与"借题发挥"的文风。

关于林汉达，可补记一笔。1969年冬到1972年春，林汉达、周有光一同被下放到宁夏平罗的五七干校。林曾对周说："宗教，有多神教，有一神教，有无神教。"又说："教育，不只是把现成的知识传授给青年一代，更重要的是启发青年，独立思考，立志把社会推向更进步的时代。"参见周有光《拾贝集》一书。

国兴君：

　　新书印得很好，很是为你高兴。"读库偷走的时光"书名，也会给读者留下印象，只是拙题书名字没写好，相形见绌了。赐寄千金，实不敢收，谨敬璧还。"后记"中提及拙名，亦使愧多于感。沈昌文、张立宪二位，他们对出版文化做出的贡献，更不是我能够相提并论的也。

　　事冗不及多谈，附奉旧作一册，请留作纪念。即颂
文祺

　　　　　　　　　　　　　　　钟叔河顿首

　　　　　　　　　　　　　　　十一月廿七日

　　　　　　　　　　　　　　　［二〇］一五年

　　2015年12月2日，我收到钟先生的这封信，以及题赠本《笼中鸟集》。

　　信中提及的"附奉旧作"即《笼中鸟集》。此书为"大家文库"第一辑之一，由青岛出版社2009年7月出版。在此书书名页，钟先生如是题写："国兴先生：旧著一册呈政，年老耄荒，新作极少，亦不堪呈教也。乙未冬于长沙。念楼钟叔河。"

　　《读库偷走的时光》出版后，因钟先生题写了书名，我奉寄一册请他批评，并附微薄润笔（后被他退还）。

转引此书后记《来日方长》相关段落：

2015年4月2日，我收到钟叔河先生为《读库偷走的时光》题名墨宝。是日，我绾结《读库1502》校读任务，将校读笔记发给杨雪。

之所以请钟老题写书名，缘于他与老六相知，也缘于在我心里，他是在出版史与阅读史上留下深刻印记的人物。2010年4月24日，老六与杨葵在北京彼岸书店举办讲座，交流探讨编辑业务方面的种种心得。在回答现场提问，谈到与沈昌文先生同级别的老编辑时，老六说："还有钟叔河先生，那才是真正的大策划编辑，他能意识到整个国家的走向，做'走向世界丛书'。"

能请到钟老题名，契机是之前我与他曾有一面之缘。2014年10月，我赴湖南株洲，参加第十二届全国民间读书年会。此行我带了部分与会代表的书，有自己买的，也有受朋友之托请作者题字留念的，其中就有钟老的著作。但他因身体缘故未能到场，实为遗憾。会后，我经停长沙，于10月27日下午，与王稼句先生一行同赴念楼，在与钟老聊天之余，得偿所愿。

由钟老的题字，可见他的严谨：在《知堂序跋》上，他在自己的印章前注明"编者"；在《儿童杂事诗图笺释》上，他写的是"正笺"，并为此书不是自己所赠表示歉意。"书是思想的窗口"，正如他在《书前书后》上的题词一样，题字无疑也是一位作者心灵世界的窗口。

除此之外，我还有意外的收获。本届读书年会，我带了读库2014年出品的笔记书《Read & Write》，请与会嘉宾和代表题词。当日，我请钟老写一句有关读书的话。他先抄录了一首周作人的读书诗："未必花钱逾黑饭，依然有味是青灯。偶逢一卷长恩阁，把卷沉吟过二更。"兴犹未尽，他又作如下笺注："'黑饭'即鸦片，'长恩阁'则是傅节庵氏藏书楼也。甲午霜降后二日，马国兴君过长，抄呈此首供君一赏。"

返郑后，我给钟老寄去《我曾经侍弄过一家书店》。不久，收到他的回信。因为钟老在信中提及与老六"未见过一次亦可算相知"，且我的小书脱胎于《读库》刊发的同名文章，而此名即为老六所拟，我随后将此信内容转呈老六。阅毕，他回复："惭愧，钟老对读库一直勉励有加，希望能够不负所望。"

马国兴先生：

收到指正《笼中鸟集》错处的来信，并不觉得添堵，而且十分开心。书中有错当然不是开心的事，但错处能被发现，得以改正，这就不能不开心了。

于是我找来存书（编著均存有一部以备修改），查看发现，P97和P169二处前已处理，P294的"蒲允升、李允升们"确实不妥，拟改为"蒲允升和别的画师们"，不知可否？

来信第二页第二行：

……P42第三段第一行前两处逗号、第三行的括号……

书上却找不着，不知何故，方便时仍乞代为一查好吗？

我正在收拾残局，准备收场，很希望爱我如君者尽可能多地指出拙作拙编中的各种错误，匡我不逮，这实在是比新年红包还好的礼物也。

专此奉复。即颂

春祺

钟叔河
2016.2.11长沙
今年八十又六，耄荒老矣

2016年2月22日，我收到钟先生的这封信。

此前，我寄给钟先生《读库1600》《我》（总第75期），并附函，记述《笼中鸟集》观感。

国兴先生：

"蒲永升"成了"蒲允生"并引申成"蒲允生、李允升"，当然是我的错；经指正还未能发觉，并以"蒲允生和其他画工"塞责，则不仅疏忽，而且苟且敷衍矣，歉极歉极！

先生自谦"编辑职业病发作"，其实这绝对不是什么"病"，而是一种难得的修养。先生和我都做过编辑，亦未必以此职业终身，但读书写作事，在世一天便不容有一天暂歇，则此种修养正当讲求，也是我得要向先生学习的。

奉上拙作《儿童杂事诗笺释》一册，甚望能拨冗为纠缪【谬】正误，因其今秋可能重印，如能匡我不逮，则受惠更多矣。多谢多谢！

即颂

佳吉

钟叔河顿首

2.28/2016

2016年3月2日，我收到钟先生的这封信以及安徽大学出版社2011年3月出版的《儿童杂事诗笺释》。

在此书扉页，钟先生如是题写："马国兴先生：请帮忙校正拙笺中的文字错讹，我自己用红笔改正了几处，肯定还有疏漏，望为我补救，感谢不尽也。丙申正月廿一。钟叔河顿首。"

平日读书，我总是随手改正书里的编校失误，亦可称之为编辑职业病。既已联系上作者，我不免在信中列举一二，希冀重印时补救。对此，钟先生虚怀若谷。

国兴先生：

手示敬悉。郑州读书会，衷心致贺。题词一纸，借用《左传》"若舍郑以为东道主"之句凑合写出。如不合用，弃之可也。

匆匆即问

近佳

钟叔河顿首
八月十三日

2018年8月15日，我收到钟先生的这封信和他为郑州读书年会的题词。

钟先生的题词为："郑为东道主，奇文快先睹。读书要交流，此间真乐土。祝郑州读书会成功。钟叔河敬贺。"印章内容为："钟氏叔河八十七岁重经丁酉以后之作。"

郑州为"东道主"典故的故乡。此典出自《左传·烛之武退秦师》。

钟先生一向关注及支持民间读书报刊，并于2007年11月参加了在江西进贤举办的第五届读书年会。2014年10月，由于身体原因，他并未前往近在咫尺的株洲参加第十二届读书年会，但是特意发去贺信。

2017年10月，在浙江诸暨举办的第十五届读书年会上，我代表河南郑州获得第十六届读书年会的举办权。在郑州读书年会开幕之前，我给钟先生寄去刊有非虚构习作《中考魔方》的《读库1803》，并约他题词，其后得偿所愿。钟先生的题词，后来印于年会会议手册兼笔记本扉页。2018年9月，郑州读书年会落幕后，我将会议资料寄给钟先生留作纪念，并表示感谢。

2018年10月30日

记忆碎片：事关奎山先生

奎山先生走了。

王奎山，作家，第五届《小说月报》百花奖、首届小小说金麻雀奖获得者。

2012年5月24日八点半，奎山先生在驻马店市人民医院不幸逝世，享年六十六岁。仅仅是八天前，他还给我发来短信，提及图书出版授权协议之事。如今，短信仍存，斯人已去。人生无常，岂不痛哉！

奎山先生曾先后为我写过两篇文章，寄予深切期望；我与他曾多年经由书信及手机短信交流，每念及此，倍觉温暖。现特捡拾与他相关的记忆碎片，日志在先，絮语在后，连缀成文，谨愿奎山先生一路走好。

2006年9月22日

中午，作书评《"中国小小说典藏品"热读札记》。

相比于小说，作家的创作随笔，更能直接而深入地坦露其心灵世界。比如王奎山先生的《我有一个梦》。"书是有生命的。书的生命就存在于被人阅读之中。一本不被人阅读的书是一种无生命的存在。"四年前，他面对那些被"遗弃"的书，"我有了如下一个梦想：到我老了写不动小说的时候，能有一家出版社愿意给我出一本小册子，不要太厚，三五个印张即可，把我自己基本上还算满意的小说收进去，装帧不要太豪华，定价不要太贵，一定要让一般的大、中学生都能买得起。"

毫无疑问，王奎山先生的梦想，也是很多作家的梦想，更是所有读者的期望。评论家雪弟先生对有些作家出书不认真，让许多垃圾耽误读者的时间，出离愤怒，在小小说作家网发帖，直言个别小小说作家的作品集"臭气熏天"，一时引发不少读者的共鸣和作家的反思。在这样的现实环境下，"中国小小说典藏品"的推出，的确是读者的福气了。

"中国小小说典藏品"的入选者，皆非首次出书，但这一次绝对是最为华美的演出，因为它成就了包括王奎山先生在内的作家那共同的梦想。众所周知，侯德云、王奎山、陈毓、滕刚、邓洪卫、刘建超、蔡楠、宗利华、申永霞、谢志强等人，都有十年以上的小小说创作经历，他们凭借诸多优秀作品，历获"《小小说选刊》优秀作品奖"，入选"中国小小说风云人物"，问鼎"小小说金麻雀奖"，在读者心中赢得了口碑。"中国小小说典藏品"共十二册，每个人的集子都不算厚，却集结了各自历年的精华创作，可谓精挑细选。除了之前的获奖作品外，还收纳了作家的最新佳作，让读者一册在手，遍览作家的创作精品。

写到这里，忽然想到，几年前曾有热心评论家建议，鲁迅文学奖应该让小小说参评，但限于篇幅容量，单篇小小说参评有点不现实，如今"中国小小说典藏品"一出，一切问题迎刃而解——汇聚了每个人十余年的数十篇精品的作品集，应该能在鲁迅文学奖占得一席之地了。我想，这也是主编的美意之一吧。

【絮语】《"中国小小说典藏品"热读札记》先后发表于2006年第4期《小小说出版》（节选，更名为《"中国小小说典藏品"二人谈》）、2006年10月11日《大河报》、2006年第12期《百花园·小小说原创版》。

2010年3月，中国作协公布了第五届鲁迅文学奖评奖条例，正式把小小说列入评选序列，这是对郑州和全国同行三十年来的努力、对小小说文体倡导者和实践者的肯定。奎山先生作为第一代小小说作家的代表人物，功不可没。

2007年11月27日

中午吃饭时，同事徐小红对我说，王奎山先生写了一篇《书生活》的书评，拟发《小小说出版》（2007年第3、4期合刊）。这并非我的约请，他能自发作文评书，让我感动。下午找来那篇《深情的写作》，细细阅读，发现他引述我的那些话，均为自己灵感的产物，足见其眼光之独特。

【絮语】2007年2月，作为"百花园文丛"之一，我的第一本散文集《书生活》由河南文艺出版社出版。在当年5月的"中国郑州·第二届小小说节"上，我将其送给奎山先生。我没有想到他会认真阅读我的小书，并且提笔评述推荐，因此分外感激。转引《深情的写作》相关段落于此——

　　写文章的人挂在嘴边的一个词叫"深度"。实际上，深度有多重内涵，既有思想的深度，也有经验的深度和情感的深度。鲁迅的《阿Q正传》《药》是思想深度的典范，而沈从文的《常德的船》《一个多情水手与一个多情妇人》，朱自清的《荷塘月色》《背影》，以及汪曾祺的许多小说散文，则是经验深度和情感深度的典范。……

　　写小说的人常常是脚步匆忙的。他们匆匆忙忙地讲述故事，匆匆忙忙塑造人物。语言，在他们手中仅仅是一个讲述故事、塑造人物的工具。真正的写作不是这样子的。一个真正的写作者，他的文字不仅仅是工具，文字本身也成为审美对象，经得起人们反复回味、咀嚼，这才是写作的化境。

2007年12月17日

奎山先生收到了我寄的《纸上读我》及新手抄报《我》，

于2007年12月12日写信给我，今日寄达。对于我近年写作的"故乡流言"系列和坚持办了十二年的手抄报，他说："我就喜欢读这种东西，稗官野史之类。《天涯》杂志有一栏目'民间语文'，我每期都读得津津有味。你把这个东西保存下来，到老了的时候再翻出来读，该多有意思啊。"

【絮语】《纸上读我》是手抄报《我》的十年合集，汇集了1995年至2005年合计三十五期手抄报。

从那时开始，我将奎山先生定位为师友，每期手抄报出来，必寄赠给他。

2011年3月17日

奎山先生发来短信，提及总第62期手抄报已收到。我回复说，再出书拟用他的《深情的写作》作序，征询他的意见。原以为他会顺水推舟，不料他说："我再写，我早就想再写一篇了。"

奎山先生偏爱我的关于故乡的文字，但我手头编辑的书稿却不限于此，为使他全面了解我的创作，我准备了一些资料，如编选的篇目、刊载《我曾经侍弄过一家书店》的《读库1005》，今日寄给他。

【絮语】2011年，或主动或被动，我先后选编了N种版本的书稿，用过的书名有《阅读者》《流年册》《阅历》《一路走来，成长如蜕》《我曾经侍弄过一家书店》等。这些书稿，或为《书生活》之后的新作汇总，或为包含旧作的精选集结，或题材多元，或专于阅读生活。不过，在此年度，这些书稿无一出版。

在出版《书生活》之前，我有心请人作序，约而未果。后来听说按照行内规则，须为人润笔，觉得这事不好玩儿，罢了此念。这一年新编书稿，出版方要求最好有序，我一时懒得动笔，又畏于约人，便想以奎山先生的《深情的写作》代序。他此番提出重新作文，对我而言，是意外之喜。

2011年3月22日

奎山先生发来短信："国兴你好，书收到，我慢慢想，慢慢写。"

【絮语】由奎山先生公子开颜兄日志得知，2010年9月11日，奎山先生即已确诊肝癌。随后两年，他向业界同好隐瞒了这个消息，自己默默与疾病做着抗争。如今品味他说的"慢慢想，慢慢写"，我心疼不已。

2011年4月1日

昨日下午，收到奎山先生发来的《好的故事》一文。读了文章，我当即给他打电话，表示感谢。觉得其中有的道理不限于写散文随笔的我，可与每一位作者共勉，征得他许可，今日发于小小说作家网与我自己的博客。

【絮语】后来，经奎山先生同意，我将此文更名为《写作的秘密》，作为我的散文集《一路走来，成长如蜕》代序。可惜的是，由于出版社方面的原因，他未能得见其面世，是为我终生的遗憾。

在此，节录奎山先生观点，以示感念——

业余爱好，自娱自乐，我觉得这是一种相当好的写作态度。我们都有一份自己的工作，我们都有自己的饭碗，我们不靠写作吃饭。我们高兴写就写，不想写就不写，没有谁管得住我们。这样，写作就成了一种真正意义上的心灵的抒发。我曾多次表达过这样的观点，写作就是个爱好，与养花钓鱼、提笼架鸟没有任何区别。如果硬要给写作附加上这样那样的东西，必然会背离写作的初衷，从而导致写作的异化。

亲切感，我认为这一条非常重要。如今，还有多少人的文章能给人以亲切感呢？读散文，我最讨厌的就是那种宏大叙事的写法。我对那些志向高远、有强大使命感的人敬而远之。我认为那些人是摸错了行。文人，就是一些小人物。所写，也都是一些小人物的悲欢离合，所谓"雕虫篆刻，壮夫不为"者是也。

鲁迅先生说，创作总是根于爱。沈从文先生的文章，汪曾祺先生的文章，即便是写旧社会，读来也让人感到心里暖洋洋的。你把沈从文先生的《一个多情水手与一个多情妇人》和汪曾祺先生的《受戒》找来读读，看是不是这种感觉。与此相反，不少人把生活往冷里写，往丑里写，着重表现人的自私、冷酷、卑鄙、残暴等等，但是如果大家都这么写，恐怕就不太恰当了。文学，说到底，还是应该着眼于拯救的吧？

语言从来都不仅仅是语言的问题，它是作家禀赋、气质、学识、修养等等的综合表现和外化。只有从深邃、丰饶乃至绚烂的胸怀里，才能流淌出天籁之音、天然之美。"有真意，去粉饰，少做作，勿卖弄。"鲁迅先生说的不仅是作文的秘诀，更是做人的秘诀啊！

由于国兴特殊的成长经历，他涉猎甚广，腹笥颇丰。尽管如此，我仍然愿意把汪曾祺先生的一段话送给国兴："台湾很多作家能背很多古文。台湾的教科书中没有白话文，全是文言文。这样做不一定对，但是我们的语文教材，文言文的比重比较低。我认为，作为一个作家，不熟读若干古文，是不适合写散文的，小说另当别论。"我想对汪曾祺先生的这段话做一点补充，写小说的人也不例外啊！马国兴，君其勉旃！

2011年5月19日

前两天，奎山先生发来短信，提及想向我借阅有关路遥的资料，说是6月来郑参加"中国郑州·第四届小小说节"时交接，但我想着时间还早，便先行寄出。今日他回告："国兴你好，书已收到，非常感谢。昨晚看到半夜，多次流泪。和路遥活在同一时代的写作者都是悲剧。"我回："对读者来说，是幸运。"他问："怎么不见老贾写的文章？"我一愣，知是指贾平凹，回复："另一本书里好像有。不过也无所谓了，许多人不过是泛泛而谈而已。"

【絮语】整理此文时，本日所记最让我惊心。显然，奎山先生在路遥的身上看到了自己。

2007年冬，在路遥去世十五周年之际，贾平凹在《南方周末》发文《怀念路遥》，结尾说："在陕西，有两个人会长久，那就是石鲁和路遥。"此文未被收录于相关纪念文集。后来，我复印了此文，寄给奎山先生存阅。

我一直偏爱路遥的文字，许多年后再看《平凡的世界》等书，对我来说，人生指导上的意义要远远大于文学文本上的意义。平凡而不平庸，高尚而不高傲，主人公的精神烛照着我一路前行。由此，我关注着与路遥有关的一切。我不仅购阅他写的书，即使各种版本互有重复也在所不惜，而且还疯狂地搜罗写他的书，《星的陨落》《路遥在最后的日子》《魂断人生——路遥论》……别人惊叹不已，说，怎么在市面上从没见过这些书？我笑笑，颇有禅意地答曰：心里有，眼里就有；心里没有，眼里就没有。

奎山先生读过我的《书生活》，知道我藏有那些书，借阅它们，莫非是他知道自己时日无多，以此想象自己的身后事？

2011年6月13日

奎山先生发来短信："国兴你好，看到邀请函了，谢谢。晓敏非要给我一个奖，并让我写个获奖感言，我写了个《感谢郑州》，告诉他，如有不妥，请委托秦俑或马国兴修改，我信任他们的任何改动。"我让他将文章发给秦俑即可。"发给晓敏了。"他又说了其他事。

【絮语】2011年6月，在"中国郑州·第四届小小说节"上，奎山先生荣获"小小说创作终身成就奖"。本届小小说节，我负责会务工作，其间曾拜会他。那天，他的屋子里来了很多人，而他却谈兴甚淡，后来竟出门寻找僻静之所，独自待着。我们因此告退。现在想来，是我们打扰了他休息，甚为愧疚。

2011年10月27日

奎山先生发来短信，说已汇款，邮购毛边本《微博天下》。我说会给他寄，不必汇款。他回复："不是你私人的事，公私分明了好。"

【絮语】2011年8月，百花园杂志社内部工作调整，我不再负责发行部事务，转向事业发展部。事业发展部是新创的部门，可谓特区，除了杂志的发行，无不可做。我与同事王彦艳商议，先编辑一本增刊《微博天下》。印制过程中，我特意让印厂做了一百册毛边本。由于没有经验，毛边本做成了"地毛天齐"，不便插架。出版后，我在小小说作家网发布相关消息，而奎山先生是第一个邮购毛边本的。

2012年5月16日

奎山先生发来短信："国兴，寄的东西收到，谢谢！我的文章你们随便选、随便用，不用授什么权。我身体也不好，懒得往邮局跑。问朋友们好。"

【絮语】 刚收到短信时，以为奎山先生偶有小恙，想着来日方长，后会有期，并没有特别在意。不料，仅仅八天后，他便驾鹤西行。将此消息报予王往，正在北京电影学院学习编剧的他，同样感到惊诧与惋惜，回复道："好人，音容宛在！悲从中来……"

文字比人的生命更长久，至少在奎山先生身上，我深信不疑。

愿奎山先生安息！

2012年5月30日

纪念誓向彤君

"五十年生活读书新知甘苦万千，半世纪读者作者编者相濡以沫。"1998年，三联书店成立五十周年，我办的手抄报《我》，准备出一期纪念专号，便拿了王鸿良拟的这副对联，请你题写，你欣然提笔——如今，你的墨宝依然遒劲鲜活，而你，却走了。

是从弛安那里得知这个消息的。我颇为诧异，你才不过三十八岁啊——原来是肝癌带走了你年轻的生命。"相见亦无事，不来常思君。"弛安说，前一段还和俊鹏提起，很久没见你了，想着回头找时间聚聚呢。我说，如果你是位名人，记者一定会写，你的离世，象征了一个时代的结束啊。

那是一个什么样的时代呢？

"'这家咖啡馆兼书店的墙上挂满了镶着镜框的作家肖像和照片……标签上打印着他们的名字，我大声地读着以图记住他们。在这个新地方有一种亲密的历史感，一种过去时代及其传奇的重要性，一种像我这样成长在没有历史的加州的

222   写心

年轻人感受到的历史感。其实最令我触动的是这些大作家的生平。他们的照片不仅是装饰；他们的作品放满书架。'

"没错，这就是我进入郑州三联书店的第一印象。那是一个平平常常的秋日午后，出了考场所在地郑州九中的校门，不经意间，竟然撞见了'三联书店'——在我之前的概念里，它只是几个印在我收藏的《庄子说》《人生五大问题》《傅雷家书》等书上的汉字，只是一家距离自己过于遥远的出版社，没有想到它还可以是一间书店，让人漫步其间。我与它一见钟情。农业路店很精致，不过四十余平方米，三面顶天立地的书架上，满满当当全是书。自然，这里没有咖啡馆的位置，它还处于书店的初级阶段，而那个时代的读者，似乎也还没有这种奢求。镶着镜框的照片，多是近代中国学人的，诸如弘一法师、冯友兰、马一浮、周作人，在他们的注视下，我的无知一览无余。"

在我对郑州三联书店的第一印象里，最突出的是那些镶着镜框的照片。几年以后，我加盟其中，随后在农业路店做店长，这才得知，那些照片都是喜欢摄影的你翻拍冲洗的。我至今还保留着一幅你制作的弘一法师的照片，再次取出观看，不禁"悲欣交集"。

那时，你是郑州三联书店的名誉店员。由于家在河南农业大学家属院，距离农业路店很近，所以你经常到店里来指导工作。我是一个爱看书的人，然而刚刚进入书业，要学习的还是不少，有如婴儿蹒跚学步。某日，一位读者问起一本书，说是"新近出版的解放初在中山大学任教的学者的传记"——有没有？我一下子晕了，幸好有你在，判定为《陈寅恪的最后二十年》。此书眼熟矣，是那时的畅销书，唯因自己没有翻过，不解其详，差点与此单生意擦肩而过。我尴尬不已。你要求我不要只是阅读自己感兴趣的书，应该对书店所有的书都有所了解。那时我负责夜间看店，下了班关上门，这儿便成了我一个人的书店。我从书架上抱下一大堆书，恶补猛读——读是说不上了，是看，是翻，翻前言后记，翻精彩段落，稍做笔记。风吹哪页读哪页，这是对我那段生活浪漫的表述，而真实的感受是头昏脑涨，往往不知不觉沉沉睡去。时日既久，我对书店里的书都已略知一二了。

说实在话，工作在你的阴影下，有时候我会感觉很不舒服，时间长了，甚至生出一种厌恶感。副本上架不及时，卫生打扫不认真，性格偏软、疏于管理、不善交际，等等，都会被你训教，我一度找不到自信。事实证明，你都是对的，你鞭打我的懒惰和无知，应是爱之深责之切吧。这让我在很长一段时间内，形成了一个习惯，做某件事时，我会想想如果你见了，会是什么态度。有一天，由于新书来得太多，我将一套"中国翻译家自选集"，从中国现当代作家作品专架移至外国文学架上。不久，你来店里，转了一圈，发现了这个变化，问我是谁的主意。我忐忑不安，说出了原因和自己的理解。你竖起了大拇指，同时也树起了我的信心。

后来，我由店面来到办公室，从事图书采购。你有时也

　　　　　　　　　　　　　　写心

参与此项工作，比如和我们同去北京参加图书订货会。一次订货会间隙，我们闲游大栅栏，你问我："出来也不给小牛买个东西回去？"小牛也是郑州三联书店的店员，我曾经的部下，现在的爱人。于是，我问得小牛的鞋码，准备在内联升鞋店为她买双鞋。鞋店不仅仅卖内联升牌的鞋，而且其他牌子的鞋价钱还略低一些，选购时，我一时拿不准该买哪种。你说："这就好比郑州三联书店，既卖三联书店的书，也卖其他出版社的书，我不敢保证其他出版社的书都很好，但三联书店的书总是不错的。"思来想去，我下定决心，为小牛选了一双内联升牌的皮鞋。

再后来，书店进了不少新人，变化很大，而你渐渐淡出了书店，也远离了我的视野。我对图书、对书业的认识越来越深，同时又对书店的变化无所适从，最终也离开了书店。一晃将近十年过去了，我再没有见过你，只是偶尔从朋友那儿听到你的消息：你结婚了、你有儿子了、你……走了。訾向彤，你的名字对我来说，不是陌生的毫无感情的存在，你的短暂的人生里，有那么几年是和我的生活交会在一起的，我不可能无视你的离去。你的离去，让我想去回望来时的路，想重新审视那个渐行渐远的时代。

我总是在想，是什么促使你这个"局外人"不计报酬地投身于这个书店？是对图书本身的热爱，是对三联书店这个品牌的敬意，还是对经营者个人气质的认同？应该是兼而有之的吧。像你这样有着人文情怀的人，今后或许不会再有了。

也就是在那个时代，书店里的人从上到下，胸怀文化理想，虽然营业条件简陋，工作报酬不高，但大家仍然乐此不疲；也就是那个时代，书店会是读者工作和生活之外的第三空间，虽然书店里硬件设施有限，脾性相投的同好交流往往还要到另一个场所，但人们的感情是真诚的，读者与读者如此，读者与店员亦如是；也就是在那个时代，很多人出入书店，热情地买书，认真地读书，虽然网络已经出现，电脑也已经进入工作系统，但电脑还只是协助人们查疑补缺的工具，而受限于网速和支付手段，网络购物听起来更像是一个遥远的故事……

　　然而，这样的一个时代的大幕正在渐渐落下。书店里的设施越来越好，可买书的读者越来越少，一些人钟情于网络，已经很少读书了，一些人在书店看好某些书，转身上网订购去了；进货量、销售量、存货量、周转率……在一些冰冷的数字的压力下，架上图书的命运已是新胜旧汰，经营者已经顾不得图书本身价值的高低了，新书一到，旧书下岗，如是轮回；传统民营书店销售量萎缩，经营者忙于进货退货，沦为搬运工，许多书店举步维艰，甚至关张……

　　我没有和你交流过对新时代的看法，不知道你的想法。而我，已经很久没有去过书店了。新时代降临，我很快转换角色，融入其中，如鱼得水。虽然我钟情传统书店，但在那里找书的成本也太大了，往往不能满足需求，而且没有折扣，所以如今我买书，也选择了网络书店。如此，可以预见的是，传统书店会流失更多的读者，恰如《书店的灯光》作者所言："电子商务将人们困在计算机前而不再光顾商店。所有我们这些曾在'普林特斯'工作过的书虫都参与构建了这个将'普林特斯'抛弃了的未来，我们大家留下的是一片空旷。"

《出版人》总第115期"封面报道"关注了当当卓越的竞争史，颇具深度。"在这场网店发动的渠道竞争中，民营批发商正在被逼向死角。"报道提及，许多零售店抛弃了批发商，直接从网店进货，因为一些小批发商的进货折扣比网店的零售折扣还高。零售店的做法似乎无可厚非，但许多读者也和其做法一样，跳过了中间商，直接到网店买书了。

对传统民营书店感情深厚的你，是不会看到更为惨烈的战局了，从这个意义上说，你是幸运的。博尔赫斯说："我心里一直都在暗暗设想，天堂应该是图书馆的模样。"你呢？如果设想过，应该是书店的模样吧。天堂里的书店，谈笑皆鸿儒，往来无白丁，而且，应该不存在进销存的压力。对了，你还会翻拍冲洗那些名人的照片吗？

訾向彤君，一路走好！

2009年3月28日

天堂里有没有书店?

1996年8月21日,你加盟郑州三联书店,又一次和我成为同事。从那时起,你再也没有离开书业。

今天想起你,多为趣事。

《我认识的鬼子兵》是1997年的畅销书,某日,某读者来电询问书店是否还有此书,又说,除了没装固定电话的郑州百货大楼支店,她问了一圈三联书店各连锁店,均告售罄。我便告知其时任郑百支店店长的你的传呼号。不久,传呼连响,你忙检索内容,却见:"某某小姐问你那儿是否有她所认识的鬼子兵?"

有一段儿,张俊鹏经理见店面库存偏大,究其原因,乃是仓库配货者不懂书及观念不对路,于是要求根据各店实际情况,减量供应。话说华夏出版社来郑参加某次订货会,每种各一本的样书用过之后懒得带走,五折处理给了书店。随后,这批书配给了各个店面。后来我到太康路支店闲逛,时任店长的你说:"现在说减量,仓库真的就不敢配书了啊,前几天来的好多书都是一本。"

2002年春,你携家带口,远赴福建发展,仍从事书店工作。你的老板在开书店的同时,还经营着鞋业。某次春风文艺出版社业务员到访,人家问他原来是做什么的,他说是"作协"(做鞋)的,人家便问:"有什么代表作?"他一愣,回答:"旅游鞋。"人家社里出过《高跟鞋》,一听还有叫《旅游鞋》的书,就说:"回头一定拜读!"你在一旁忍不住,出面化解误会……

可是,我现在却实在笑不出来。因为你离开了书业,和人间。

2017年9月14日,我将《父子家书(1992—2001)》书稿发给你,请你审阅。

次日,你回复:"书稿基本看过了,并无不妥之处。感谢你的记录。小马真变老马了。"

在那十年的家书里,因为是挚友,你的名字出现了三十二次。也有未指名道姓的记述,满是你的影子。1994年5月22日,我在给父亲的信中写道:

> 这封信的意思,一是要两百元生活费,再有就是剖剖心了。
>
> "家书抵万金",同学戏言,这真是说到点儿上了,一封家书换来"万金"。见我又是写在稿纸上的,又说我是换"稿费"了。不管怎么说,总是在提笔的刹那,才

在心头压上了石板似的——沉重。家里不要给我买夏装了，我也应学点儿买卖知识了。

　　和同学们相比，我的境况还是比较好的。这让我常以他们为榜样，设身处地，以增加自己的动力和压力。有一位同学在回家前收到汇款，附言中说："回家不要买啥希（稀）奇东西。"简短十字（还有一个别字）见精神，令我感动。还有一位同学，因为"基础"发生动摇而休学。他是一个弃子，现在的父母因为只有两个女儿而抱养了他——他是在一次邻里吵架时得知自己的身世的。现在，他的两个姐姐已出嫁，母亲在山村务农，而父亲则远赴北京打工——真是天南地北了。我有幸读了他父亲的信，也是文句不通但极感人的。

　　我所说的两位同学，其实是同一位，那就是你。养父待你视同己出，北上打工，供你读书，并在信中谆谆教导。当年正是在你坦承自己的身世之后，我们成了交心的朋友。

　　因为你，同为大巴山之子的李国军、苏建也成了我的好友。

　　因为你，四川巴中成了我的心灵地图里温暖的存在。

　　1996年春，你的父亲给我写信，将我定位为你的亲人，希望我春节和你一起到家里去玩。十四年后，你和我分别从福州、郑州奔赴成都，参加第二十届全国书博会。你邀请我会后一起回家，我却因公务未能成行。我对你说，来日方长。

　　　　　　　　　　　　　　　　　　　　写心

然而，就在我请你过目书稿之日，你拍照发来自己的诊断报告。六天后，我的父亲因病与世长辞，未能看到此书出版。如今，你也等不及了。

涉世之初，我和你住在一起，同甘共苦。

前期由于收入不高，加上押金、工装等方面的支出很多，我们不时东挪西借，对付着过日子。那时，我和你的伙食，更多的是清晨一杯白开水、晚上两个豆沙包，中午各自找地方蹭饭去。

某日傍晚，我带学友老刘回到住处，你已赊了六个烧饼在等候。老刘见了，转身又买了两个。我们一人两个烧饼，没有开水，干嚼。剩下的那两个本可以"一鼓作气"的，但遥想第二天的早饭，便住了嘴。

回想那段窘迫的时光，我心酸不已，只想穿越时空，借给那两个人一些钱，好让他们活得更有尊严一点。

1996年春天，我进入书店，在仓库月余，就前往新设的天然商厦支店负责管理。又月余，得知自己会去即将开业的紫荆山百货大楼支店任店长，我便膨胀起来，心浮气躁。告知父亲这个消息后，换来他的"野虎登山"之说：

> 还没来得及询问你在天然的学习、生活、工作、福利、待遇等，这封信你都又要奔紫荆山了。你属虎，虎登山，纯属天然。家乡父老相信你能干好，而且一定能

干得出色。原来在政七街时，你来信总写上"东关虎屯"字样，我有点不喜欢，但始终没有流露出不满，为的是放开手脚促你去干。不悦是因你属虎，怎么从大学出来就去了关虎屯呢？虎为兽中王，但被关起来，在公园里就只能供游人观赏了。一只老虎的价值，远非如此！

上一年我们就业的万替公司，注册地为东关虎屯201号。你长我几个月，也属虎。

后来，我并没有被安排"登山"。踏空之后，我好长时间缓不过劲儿来。

晚上收听广播，每当播送紫荆山百货大楼的广告，我都赶忙换台。"常去常往常想念，购物还是紫荆山！"那句话每每听来，就如同一把盐，无情地撒在我尚未愈合的伤口上。

再后来，你在仓库做了近两个月后，前往紫百支店就职，又让我心理失衡了多日。

正所谓"失之东隅，收之桑榆"，我年中"登山"未果，岁尾却意外地得到了去农业路门市这个"开山店"的机会。在这儿，我还找到了自己人生中的"另一半"，怎不让人感叹？

你也在书店寻觅到爱情，并先我一步结婚，先我一步生女。

对于这些，我至今都没有羡慕嫉妒恨过，可我有意见的是，你竟然在盛年先行告别了人世。

1995年春，临近毕业，我重拾中断两年的爱好，办了一份手抄报《我》。由于经济紧张，我一时没有付印。你拔刀相助，使它得以面世，也拉开了我长达二十一年以其代替信件的序幕。

十年后，我编了一册合集《纸上读我（1995—2005）》。经你把关，"纸上读我"英译为"Reading me in the paper"。

你也曾是位文学青年，笔名为东航。多年以后，你将自己的儿子命名为"东泽"，并坦言，意与你当年的笔名一脉相承。

步入社会，你写的作品很少，发表时用的也是本名。比如2000年4月21日《城市早报》上的书情观察《反正"苍天在上"》。

同一版面，还有我对郑州图书销售排行榜的点评。

这并非你和我首次联袂演出，此前，我们的姓名还同时出现在一本叫《工商常识》的小册子上。1996年6月，作为"农村娃科普系列丛书"之一，此书由海燕出版社出版。那是我们第一段共事历程的结晶与见证。

我的习作，你总是第一读者。如1999年冬写的《阅读书店》——

其一：旧书

没有旧书的书店是没有味道的，如同漂亮的女孩没有内涵，仅仅止于漂亮。

旧书也是商品，由于没有完成那惊险的一跃，难得体现自己的价值，往往处于书架的角落，或被束之高阁，给后来者让位。

旧书见证了书店的历史，也目击了书业的兴衰，更体会了读者的亲疏。

它的存在，本身就是一种沧桑。

我曾经风光过的。我的价值也总会被发现的。百无聊赖之际，旧书们也许会懒洋洋地想。

其二：新书

新书到来之前，书店里已经有过许多前辈，它们以拓荒者的姿态，凭借自己的实力，将这间田园经营得繁花似锦。

自然，这间田园也拥有着稳定的客人。

新书到来的时候，心里不免忐忑不安，它情知书店并非自己的归宿，自己应该在某个高贵的书柜中，或者在触手可及的床头柜上，可那么多前辈都没走出书店，自己凭什么就能出人头地？

"洞房昨夜停红烛，待晓堂前拜舅姑。妆罢低眉问夫婿，画眉深浅入时无？"

还真有点不自信呢。

新书总是占据着书店极好的位置，有时也会被无意安排在偏远地带，对自己的前途更是心灰意冷。

然而老顾客来到书店，巡视一周，居然将新书从"冷宫"里解救出来，满心欢喜地带回了家——在他的眼里，其他成千上万种书，是不存在的。

　　新书在书店里待了一段时间，位置便开始动摇，因为，比它更新的图书又要来了……

　　新书是书店的新鲜血液，没有新书的书店，一脸的苍白。

　　你读后，指出我是以旧书自况，而此文正是我当时内心的写照。

　　其时，书店开进酒店商场有年，我主管采购人文社科类图书，填写订单时，单品种数量多在十册左右，随后添货寥寥。而采购生活少儿类图书的新进同仁，往往大笔挥舞，添货不断。相应的，在制订汇款计划时，经理也侧重后者。我屡屡不知所措。

　　你的解读是我没有意识到的，实乃知己之言。

　　2003年春，因为市政府推行拆墙透绿工程，郑州九中拆除了大部分门面房，已营业十三年的农业路门市，只得另迁他处。

　　之前，得知消息后，我心绪难平，提笔作文《农业路21号附2号》，以纪念自己的这一段青春岁月。

　　那时你也作别了三联书店，读过我发去的此文，发来短信，如是评论："作为记叙性散文，我以为读后应能感受到你的感受，然而没有，或太多，条理性不够，行文浮躁。粗，不细。"

这也是我写作时的感觉，更多是概括性的语言，而没有细节描述。七年后，我才深入开掘书店生活，以纪传体创作了《我曾经侍弄过一家书店》。

我们有缘相识并且相互敲打着成长，又因成长漂离到不同的方向。

这世间，再也没有你。

李义，天堂里有没有书店？

2018年7月6日

写心

云从龙：历史拼图

　　"研究抑或观察一个社会的变迁，除了关注当时知识分子、社会精英的心理脉络，更重要的是要摄取民间乃至市井百姓的心理切片。可惜的是，前者大都通过各种途径或多或少保留了下来，而市井百姓对于世相人文的态度，却随着时间的流逝几乎整体性淹没了。"

　　社会学科班出身的云从龙，身为前媒体从业者，近年来立足江西南昌，致力于现当代民间史料的收集与整理，关注普通人物视野中的历史真相，成绩斐然。从《未亡人和她的三城记》，到《4928-1》，再到《明星与素琴》，犹如从溪流到江河再到海洋，日趋开阔。

　　说到云从龙及其作品，是绕不开《读库》的。
　　《读库》自2005年11月面世以来，一直致力于推介民间立场的个人历史。在云从龙登场之前，诸如杨步震的《半世沧桑》，熊景明的《母亲和我》《父亲的一生》，肖逢的《私人编年史》，有细节有识见，填补了官修史册宏大历史留下的空隙。这些亲历者带着体温的记忆，让人离现场与真相更近一步，对过去的事有更具体、更亲切与更深入的体会。

缘于此，起初过目《读库1203》刊发的《未亡人和她的三城记》，印象较深的倒是文首云从龙的判断。在此文里，他经由偶然见到的一本日记，分门别类，梳理了一位丧偶老妪在1990年代初一年有余的日常生活，辅以社会背景的勾勒，初步实践了自己的主张。

文末，云从龙提及这本日记吸引他的地方，是它用朴实的语言，展现着一个普通人的内心，一切都是那么原生态，一切都像一个刚刚从浴缸里走出来的人一样，不着一物，身体发肤挥散着自然的本性。他的结论是：历史，不过是我们一代又一代人的经历，是从诞生到死亡的过程。

阅毕此文，再逛旧书摊，我开始留心各种笔记本，并相继购阅两册。或许是价值不大，我并未将其整理成文。

相对于《未亡人和她的三城记》的云淡风轻，《读库1303》刊发的《4928-1》则要沉重许多。云从龙解析一位铁路桥梁工程师的档案卷宗之后，讲述了一个人物关系错综复杂、相关事件曲折绵长的故事，并呈现了社会运行的细节，及其来路与走向。

在探究主人公"历史问题"的进程中，云从龙发觉他在被指控之外，也通过自我交代与揭发别人，来切割与撇清自己，由此可以看出一个时代的病症：所有的人，都被深深地笼罩在这种症候下，难以脱身，难以幸免，甚至于有时候为了自我保全，在有意无意中成了与揭发自己的那些人一样的人，这是一种更为深刻的悲剧。

在前文里，由于日记主人未留下姓名，为便于叙述，云从龙将其称作"芬"，并诠释，这个字多少能代表自己对她的人格想象；然而在后文里，虽然档案主人公有名有姓，但他还是将狄陆嘉化名为"狄迈"，并坦承，这个名字仄有致、朗朗上口，更多的时候，还向我们暗示了主人公的内心世界。两篇文章先后读下来，我对作者有了兴致。

《读库》创刊伊始，主编张立宪就致力发掘那些谷歌、百度上搜索不出来或是没有多少搜索结果的作者，确定他们更应该成为资讯的源头，而不只是信息的下一级传递者。所幸，我轻而易举就摸到了云从龙的新浪博客与微博。他的博客里，有两文的原稿，以及相关图片。看到那些日记、档案的页面，直观、震撼，也加深了我对文章的认知。得知云从龙也曾经侍弄过一家书店，而那些写作材料即源于进货所得，我对他更添亲近。

由于两文均刊发于《读库》每年的第三辑，在互相关注成为好友后，云从龙对我说："俺有个狂妄的计划：每年六月在《读库》上发一篇，连发十年。2014年照旧啊。"我当时并不认为这个计划狂妄，此语也非戏言。他的民间历史写作，不同于亲历者的记录，并无素材枯竭之困，而且随着阅历的增长，未来更值得期待。

不过，我随后却未在《读库1403》《读库1503》上看到他的名字。后者刊发了我的《家长的小升初》，本想着能与他同台演出呢。这家伙怎么了？

其时，我对自己原来操练的散文随笔越来越不满足，经过多年《读库》及相关图书的阅读，确立了随后写作的方向与方法：非虚构写作。诚如王朔所言，改笔路是一个苦恼的过程，那甚至是生活方式和人生态度的改变。虽然之前在《读库1005》上发表过《我曾经侍弄过一家书店》，但那是由往年的日记连缀而成的，是算不得数的。我认同何伟的说法，非虚构写作的乐趣正在于探寻叙事与报道之间的平衡，找到办法，既爱说话又爱观察。

当年读过《出梁庄记》后，这句话吸引了我："河南有许多出去打工的人都把家里的男孩子送到登封学武术，这已经成为一种解决孩子留守问题的重要途径。登封那边的大部分武校也'因势制宜'，开设了专门的低龄寄宿班。"作者梁鸿一笔带过，我读来却浮想联翩，不禁手痒，甚至为这个创作计划命名为"留守少林"。

和当地朋友聊起此事，他认为，相关部门及学校对外来人员戒心甚重，恐难成行。加之工作所限，我不可能长时间去某地蹲点，遂罢了此念。郑智化说过，"如果我注定要为这块土地写歌，那我必须从自己开始写起"，那我就从小升初着手吧。其后，我又列了几个选题，由于投身于写作《读库偷走的时光》等原因，尚没有展开。

云从龙并未食言。2015年10月，身为《读库》特约审校，我第一时间看到了《读库1505》《读库1506》连载的《明星与素琴》。后来我才注意到，早在2012年3月30日，他即在博客发布了《贺明星自传》全文。在单行本上市之际，他著文详述其写作历程。2011年收集到相关材料后，经录入整理，次年春天，他着手钩沉这段陈年往事。"原以为我会很快写完它，没想到直至两年后才完成初稿；原以为四五万字的篇幅已很多了，没想到最终成稿时，主体文本接近十五万字，注释超过五百条。"

相对于云从龙笔下的人物与故事，我更感兴趣的，是他对第一手材料的重视与爬梳，辅以相关史料的拼图补白式写作的架构，既有细节也有背后大图像的呈现，转场戏换以第一人称的叙述，平实与克制的行文。

说起来，云从龙拼图补白式的写作，起先也是无奈之举。在原始文献之外，有太多的空白，他动用了与主人公相关的地方与行业文献，甚至与之并无直接关系的第三方史料，经过拼接与推断，丰富了人物的内心世界与外在形象，也展现了流动不居的时代背景。

这一点，尤以开掘并还原贺明星的父亲贺文翰的人生为代表。在阅读时，我的脑海不时闪现古典诗词句子，诸如"上穷碧落下黄泉，两处茫茫皆不见""山重水复疑无路，柳暗花明又一村"，以及王国维在谈到治学的三种境界时，所辑录的"昨夜西风凋碧树。独上高楼，望尽天涯路""衣带渐宽终不悔，为伊消得人憔悴""众里寻他千百度，蓦然回首，那人却在，灯火阑珊处"。

第一人称转场式的叙述，也是不得已而为之。云从龙后来说："为了比较准确地还原两位青年人当年邂逅的情形，我在写作时使用了第一人称，模拟贺明星的口吻及心理，交代父亲贺文翰罹难之后的生活与经历。这在感情上看起来会更为饱满和真挚，甚至具有浓厚的文学色彩，但实际情况是，它要比直接的文献解读困难得多，因为文献解读具有实实在在的抓手和支点，但转场式的叙述却要在此基础上准确地还原人物的心理与情感，并且要基于严格的学术考据的逻辑推理。换句话说，在这大约五千多字的转场式叙述中，'贺明星'所说出的每一句话，我都能为他找到相应的学术支撑及逻辑关系。"

艺术有相通之处。由此，我联想到侯孝贤电影风格的成因。朱天文透露，当初台湾缺乏普遍整齐的专业演员，而大量使用非职业演员演出时，因为他们没有任何表演训练足以支撑个人暴露在特写底下，很难把镜头切得太近，只好在长镜头的单一画面里用场面调度来说故事。结果，形式亦即内容，侯孝贤的这种写实拍法趋近于自然，变成了别人难以取代的特质。

显而易见，云从龙的民间历史写作，已由自发到自觉，形成了独特的风格，也有了自己的思考。他将这种拼图式的、复盘式的叙述，命名为"历史拼图"，并将之作为微信公众号的名称。2015年12月3日，在发刊词《我要讲述怎样的历史》里，他解释，在历史语言范畴中，拼图首先是一种研究方法，它可能会运用到今天已知的大部分学科理论，对具体的标本从多个维度进行剖析。这样努力的意义在于，通过对难得一见的历史幽暗之处进行探秘与发微，从而更加客观地理解具体的历史事件、时代潮流、人物命运之成因、结局及其走向，并无限可能地接近真相。

《明星与素琴》发表后，2015年12月10日，云从龙在微博上对我说："不知道如何说，最近一直十分困惑。因我原计划出单行本时能对王素琴做一些采访（她还在世，两年前就取得过联系），但打了几次电话，她的儿子都爱理不理，似乎他们很不愿意见我。最后我又找到了贺明星的弟弟，他与贺同母异父，从他口中得知，贺与王在'文革'时期都是造反派的头头，贺因此在'文革'结束后被判了刑，后来心情抑郁，六十不到即下世了。老太太至今也不怎么愿意去说过去的事情。我之前一直很奇怪，因正在做的另一本档案，他们的后人非常热心，为何贺家这么冷漠或语焉不详呢？当我知道了这一点，顿时冰释。"

我建议他不必在意，将来如果有机会采访，再做增补即可。需要说明的是，据云从龙的寻访，贺明星生于1931年，逝于2009年，所以其弟所言贺的去世年龄并不准确。

英语中的"history"（历史），源出希腊文"historia"，意为"一个人的调查记录"。2017年4月，历经种种曲折，云从龙的调查记录的初声——《明星与素琴》单行本，终于由东方出版社出版。此时，距在《读库》上连载，已过去了将近两年；距他写作完成，已过去了将近三年；距他着手写作，已过去了整整五年；距他首次接触到那份抄家材料，已过去了整整六年。作为附录，此书还收入了《未亡人和她的三城记》《4928-1》，可谓云从龙的民间历史写作的阶段性总结。

张立宪曾说，对于这个时代来说，读者欠看的好书太多，编者欠出的好书太多，作者有待去挖掘的世界级选题太多，生存空间和成长余地都大得惊人，无论如何不应该懈怠或绝望。又说，虽然当下拥有的记录手段最多，但产出却是最少的，这个靠他一个人做不了，需要借助大家的自觉。

愿与云从龙兄共勉。

2017年4月13日

桑是自己的科目

标题采自陈维建的诗句。2015年5月，他独自前往安阳，"不为访殷墟/只是去与海桑兄一晤"，随后作《两朵。致海桑》，海桑和以《致维建的胡子》。

桑，海桑，诗人，有《我是你流浪过的一个地方》《不如让每天发生些小事情》等诗集行世。

老六曾如此评价："说海桑的诗有多好，也不至于，但很清新轻巧，自有人喜欢。"

2012年7月，读库出品新版《我是你流浪过的一个地方》（新星出版社出版），并在网店上架，第一次尝试全直销模式。不到两年，此书在读库网店销售即超过一万册。2014年5月4日，老六发微博提及此事，感慨道："不经其他渠道，且是一本诗集，已经送到了一万个读者的手中。取得这样的成绩，意义非凡。"

面世四年后，《我是你流浪过的一个地方》已印刷六次，总印数达五万册。

2016年7月，读库推出了海桑新诗集《不如让每天发生些小事情》（新星出版社出版）。

"如果你来看我"

从郑州到安阳不到四百里，我却走了四年。

当年在编辑《我是你流浪过的一个地方》时，我就有心去拜访海桑，但到了，我没有向老六打探诗人的通讯方式。

2016年5月24日晚，海桑诗作朗诵会"海桑之夜：喧嚣时代的自言自语"，在北京鼓楼西剧场举办。其时，我刚刚校读过海桑的新诗集，知道这本书即将出炉，便生发出一个美丽的梦。经《读库》作者郑猛牵线，我与诗人联系上，并相约见面详谈。

6月19日，我与读友惠继超、林霖、吴鹏辉驾车，赴安阳，访海桑。在彰德路某茶社，我们约定，7月26日晚间，在郑州松社书店，办一场他的新诗集分享会暨诗歌朗读会。

海桑1971年生于河南省辉县常村乡万桑村，因为成长的环境里桑树颇多，而且他也喜欢这种植物，所以钟情于诗歌之后，他给自己取了这个笔名。

海桑坦承，从哲学意义上说，他的青春期太长。从湘潭机电高等专科学校（现湖南工程学院）毕业后，他被分配至安阳某厂；一年多以后，他离厂出走，漂泊北京，计划用三到五年的时间，写出中国一流的诗歌，最困难时，食不果腹，仅靠饭店的调味品维持生命；又一年有余，在父亲的奔波下，他回到安阳，另找了一份工作；其后，他又曾赴京两年，学习英语，非为饭碗，只为可以读原著，了解世界；因为有此专长，他担任翻译，陪同单位领导先后出访欧非；进入新世纪，厂子改制，正在养病的他意外下岗……

持续近十年的时间，海桑卖血三四十次，为诗歌献祭。诸般疯狂的举动，换来的是两手空空，父母相继辞世，女友也离他远去，骄傲的世界轰然倒塌。他冲进山中三十多天，独自一人，椎心泣血。

下山之后，海桑已是另外一人。他不再把生活与诗歌对立起来，而是将爱与责任融入其中。2000年，他牵手如今的爱人；2004年，女儿诞生，他成了全职奶爸；偶尔，他会做家教贴补家用，教授英语，对象从小学生到中学生再到大学生。

上大学时，在父亲的资助下，海桑曾自印诗集《我怎么了》。1999年，为求心静与存在感，他又自费出版了《月亮在说我说你》。这两本书早已绝版，不过其中海桑满意的作品，皆已编入《我是你流浪过的一个地方》。

海桑并未加入各级各类社团，平日也很少与作家或编辑接触，身边的人大多并不知道他在写诗。他的诗作的传播，是一个自然的过程。仅就出版而言，张越、黄集伟、老六先后因缘助力，已成业界美谈。好友扶风说，海桑可能是小城唯一出书拿版税的诗人。是的，一本诗集，百分之十的版税率，放眼文坛，实属罕见。

谈到新诗集，海桑说，第四辑"丢失的村庄"里的那些诗，是经由《童年与故乡》的指引，开掘记忆富矿，在两个月内写就的。近年来，他与扶风溯流而上，行走于"诗歌之河"淇河河畔，探寻其三个源头，并先后创作了百余首诗，由于尚需完善，并未收入新诗集。

说到喜欢的诗人，海桑如数家珍，狄金森、余光中、巴列霍、纪伯伦之外，他对湖南诗人匡国泰（著有《鸟巢下的风景》）赞不绝口。此外，梭罗的《瓦尔登湖》也对他影响深远。

"今天我说得太多了，惭愧。下次我只带上耳朵。"临别，海桑如是说。可是，这些信息真的很重要啊。

"不如让每天发生些小事情"

"我不喜欢写分量重大的东西，我只关心小事，就如书名《不如让每天发生些小事情》。我不愿生活在一个英雄辈出的时代，我喜欢生活在安安静静的年代，大家都平凡安静地生活，哪怕互不认识。我觉得一个真正的大时代就是每个人都可以过自己的小日子，如果都过着风起云涌的日子，那肯定不是一个大时代。"

在"海桑之夜：海桑新诗集分享会暨诗歌朗读会"上，海桑如是说。

台下的我暗自琢磨，现在看来，在审校过程中，新诗集的名字《抱着你的名字取暖》的确有点平常，而最终确定的

《不如让每天发生些小事情》，与《我是你流浪过的一个地方》字数一样，关键是提炼出了诗人的精神特质。我不由得对老六的抽绎能力与水平再次点赞。

在读库八周年读者现场会上，老六曾引用《剑桥与海德堡》里的一句话，"小巷即自由"。他解读，这话真正的内涵是，每个人都是百分之百的主体，是独立的王国。"金耀基先生的那本书给我的影响很大，让我从此害怕'大一统'。我觉得小的、自由的、独立的就是这种东西，我们能够把自己的小世界、小王国给很理直气壮、有滋有味地活下来，就够了。"

气质相同的人，总是相互吸引，彼此成就。

此前，应书店约请，海桑录制了一段音频，内容如下："你好，我是海桑，和你一样，在平凡的生活中，读点书、写点诗。或者干脆自己变成一首诗，那就更好了。阅读让我成为现在的样子，我的心中活着更多的人，而不是单单我一个。二十岁的时候，诗是我的全部；现在，诗是我生活的一部分；总有一天，我的整个的生命将成为诗的一部分，那是我的幸福。"

是夜，海桑与主持人刘阳及现场读者一道，话诗歌、忆生活。之后，一幕幕饱含深情的诗歌朗读随即奉上：补凌锋演绎《无论我如何满意今生》，吴楠演绎《我是你流浪过的一个地方》（节选），张新颖演绎《雨过天晴》《早春》，于同云演绎《乡下的姐姐》，刘亚东演绎《我喜欢女人》，连续演绎《我也许是一个贪婪的人》，张建功演绎《这一刻里》。其中，连续的演绎，让诗人情不自禁地上前，奉上拥抱与感谢。最后，海桑朗读了新诗集中的《女儿把脸蛋凑过来》，并表示，他让"唾沫"入诗，引以为傲。

与会读友，有从河南的洛阳、安阳而来的，更有从上海、湖北赶来的。在互动交流环节，上海的读友提醒我们不要过度消费海桑，确属良言，十足真爱。

次日，海桑对我说："请替我好好感谢一下那位上海的朋友，大热天的，跑了两千里来看我，说了那么多真挚关爱的话。我会安安静静地生活着，不说话的时候，我最喜欢自己。还有那位洛阳的女子，她来了，就是整座洛阳城来了。还有那位湖北的朋友，很遗憾，我没有多一些时间，单独跟他说说话。"

"你是我心中最软的地方"

"如果说王海桑是幸福的，最重要的并不是诗歌让他如何幸福，诗歌是太阳照在他身上，是人前背后的影子，是他的存在与思考方式。让他幸福的是他有两个女人，有两个爱他的女人，大的女人是爱情，小的女人是亲情。我看到他给小女人写的一组文字：你是我心中最软的地方。我忽地明白，人才是人心中最软的地方。于是我再读他给父亲的纪念，给母亲的怀念，甚至面对奥斯维辛，我很自然地与他一起在一行一行文字里解读他一个人的情绪经纬。"

扶风的解读，可谓知己之言。

的确，海桑写给女儿的诗，是打开其心灵世界的一把钥匙。正缘于此，在安阳与诗人聊天时，得知他写了百余篇关于女儿的随笔，而他女儿又有绘画特长，便约他整理一些，连同女儿的画作一起发给我。

本来以为那些文字是一篇篇的文章，不料却是"起居注"式的记录。但是，透过这些充满稚趣的生活片段，可以发现海桑某些诗歌的背景，乃至他安静从容和善单纯的根源。不敢独享，精选几则，转引于此——

2007年1月23日

听了《白雪公主》，女儿翻身趴在我脸上，说："爸爸，你死吧。"我问她为什么，她答道："你死了，我就亲你，我一亲你，你就活了。"

2007年1月24日

走在大街上，女儿要买虾条吃，我说没带钱呀，她说："买钱呀！""用什么来买钱呢？"她说："用钱买钱嘛！"

2007年1月30日

我在地上画了一个三角形，女儿说："给它画上眼睛。"

2007年2月8日

挂图上，有个娃娃在哭，小脸两边各有一大滴泪。图画的右边写着汉字"哭"。我指着这个字说，你看"哭"字当中的这一点像不像一滴泪呢？女儿反问我："为什么不是两边各一滴呢？"我禁不住笑起来，说如果这个"哭"字由她来造，一定会更有意思些。

2008年2月9日

女儿会走了，会跑了，会说话了。她拿起钢笔、铅笔、蜡笔，开始在房间的墙壁上胡写乱画了。起初，我是真有点舍不得我的白墙。我的墙上什么也没有，却是白得干净，像妻子的脸，当真被当作画布，即便由女儿这样的艺术家来创作，仍然让我心疼。但我终究未能让白墙保持白净，女儿的灵感那么多，而且全是抽象派。最后，我只好决定放弃扼杀一个艺术家的想法。

她成功了，我的白墙成功了。

这还不够。这还远远不够。

如果你无意间在我的手背上看到一块手表、一只小鸡或是一条船，莫要奇怪。你永远看不到的是我的肚子，那里正卧着一只青蛙。可我也并非全由着她的性子来，有一次，她坚持要为我画上一副眼镜，我正要出门，只好严正地拒绝了。

写心

2008年2月10日

女儿要和我玩打针的游戏，我说好。

我把屁股给她，她拒绝隔着裤子打针，我只好自己扒掉裤子，把光的屁股给她。

她满意了。

2008年2月19日

女儿说汽车放屁了，水管尿尿了，她甚至问我房子会不会屙屎。

2008年2月19日

吃饭的时候，必须用那双有兰花的筷子，用那只有花猫的碗；如果吃面条，面条须长到可以吸溜的程度。

饭不仅是用来吃的，也是用来玩的。

2016年9月6日

生命的歌者

文字是可以歌唱的。

十七岁时，为了心中的梦想，你和同桌穿越齐鲁音乐学院的招生简章，奔赴数百里之外的菏泽。高考后，你如期收到了录取通知书，但你选择了放弃。多年以后，你写文章提及此事，说："传统的父母不同意我把唱唱跳跳作为一种职业，而我从内心也觉得这种时常与浮华相关的职业我无法驾驭；也因为自己确实不漂亮，不自信的心态在哪个领域都不会扎稳自己；也因为当年的我曾那么坚决地对我的同桌许诺，我不会去……"言语间，有遗憾，也有不甘。

你选择了复读，次年进入一所师范学校学习。那几年，音乐从未远离你，一把红棉吉他，成为一段青春故事里重要的道具。回首往事，你说："对我而言，这把吉他所承载的，已经与音乐无关，它的存在让我触到了曾经一览无余的青春，和青春时节的憧憬。那种憧憬是与如今的生活完全脱节的一种向往，而吉他是常常让我内心升腾起对现实怨恨的一条线索。"

毕业后，参加工作之初，你将工资大多花在去歌厅唱歌上，乐此不疲，如痴如醉。时隔多年，你依然对那段日子如数家珍："那时候，还没有包房，只在大厅，一般都有几拨人在消费，点的歌写到单子上，送到音响间，按顺序放。如果想快一点唱到，就要加急，那是要加钱的。"那种经历，是宣泄，也是不舍。

青春之末，在心绪陷入低谷之际，你再次受邀策划单位的联欢晚会，一如既往地对其倾注心血。回归舞台，让你彻底冲刷了自己的抑郁，也完成了自我救赎。你说："热爱是最执着的信念，这种信念像一只无形的手，推着做梦的人义无反顾地往前走。"

但不可否认，现实的生活拉扯着你，让你与最初的梦想已渐行渐远了。所幸你还有一直钟爱的文字，你用无声的方块字，唱响了生命的乐曲，一样的精彩。

2007年7月21日，你开通了三个网络空间："回首青春的文字"，收录学生时代的诗文；"我想我就写"，记述当下的心情与领悟；"送给女儿的空间"，建立图文并茂的成长档案。现在看来，一定意义上，那一天是你的重生日。

在那之前，我出版了第一本书，其中收录有十年前写你的散文。你读了，认为我笔下的你过于简单与清浅。没办法，对于旧作，我那时实在没有可供增补的素材。虽然高中时我们心性相投，是无话不谈的学友，其后经由书信延续了一段时间的交往，但是由于各自打拼，我们已成为熟悉的陌生人。在我的印象里，你还是十余年前那个爽朗无忧的女生，直到读过你个人空间的文章。

"士别三日，当刮目相看。"你让我深刻地理解了这句话的含义。《给你一个机会，感受爱》《一起走过的日子》《十七岁的远行》……空间里初期的这些随笔，让我得以一窥你曾经的心路历程。更重要的是，文风的成熟出乎我的意料——刻舟求剑的我，对你文字的判断，还停留于当年你那些被老师视为范文的作文上。

阅读《一起走过的日子》的过程中，我总是自觉不自觉地将刘德华替换为郑智化，唏嘘不已。这篇文章犹如一杯散发着醇香的红酒，其间情愫，谁饮了都会醉。王彬彬说："与人争论鲁迅是否有价值，是对自身心灵的侮辱。当一本书，一个人，对于自身生命有重大意义，这种意义甚至远远超出了所谓思想启迪的范围时，你是不必与人就此辩论什么的。"刘德华之于你，应亦如是。自然，他并非对你有什么思想启迪，而是作为一位朋友，曾相伴走过校园时光。即便别人同样深爱着他，但你们心目中对他肯定有着不同的形象，那缘于彼此迥异的经历与感受。他的歌、他的影视作品，今天只是一面镜子，歌词与剧情退居其次，你从中看到的，只是自己的百味人生。

此后，到你的空间做客，成为我业余生活的一部分。你用深深浅浅的文字，记录浮浮沉沉的心事，间或有妙手偶得的佳作。我不断见证着你写作上的进步。

《妈妈的话》凝结人生智慧，有这样的妈妈，是你的福气，而有心如你，将其整理成文，也是读者之幸。《四十年故道》拓宽创作题材，从自身移至亲人，写出了历史的荒诞与流年的沧桑。《爱的蛊》展现浓浓亲情，羡慕之余，我也认同你的妙论："在一个家里，做饭的那个人会把自己的心意熬成类似料酒样的东西放在饭里，每一顿盛给家里人吃，一家人就会或者一律的善良或者一律的勇敢，或者，就像我们，一律的亲爱。"《留出距离，呼吸》提炼现代文明精髓，无疑，尊重他人的独立空间，实乃为人处世的重要准则。

还有《一根葱》，以对话架构全文，通篇多为主人公的倾诉，叙述者只在文末接了一句话，有画龙点睛之效，可谓文体创新。此外，细腻的心理描摹值得称道，最后一段是升华，字里行间有被人点破的慌乱，令人回味无穷："'谁剁葱不流泪呀？'小惠转脸看着窗外。"

其掩饰，让我联想到孙犁的《荷花淀》里那些女人的话语，有异曲同工之妙：

"听说他们还在这里没走。我不拖尾巴，可是忘下了一件衣裳。"

"我有句要紧的话得和他说说。"

"我本来不想去，可是俺婆婆非叫我再去看看他，有什么看头儿啊！"

你的文字饱含情感，质朴而明朗，是鲜活生命枝头的摇曳多姿，是春风化雨滋润心灵的真情倾诉，是艺术趣味与理性思维的有机融合，或给人以温暖，或给人以启示。有时我想，即便与你不相识，若因缘际会读到这些文字，也会为作者喝彩的。与你见面闲聊时，我明显感觉到，文字内外的你改变了许多，但本色依旧。

显然，你用心最深的，还是你的女儿。由于身边一时缺失了"拉被单的那个人"，你更着力培养孩子健康的心态与品行。你带她旅行，偶尔有意地住星级宾馆，吃高雅的西餐，去高档的浴室，你说："不是为了让她享受，她的路还很长，这些经历对于她以后的生活，可能就像我们当初第一次吃到'神奇'的方便面一样，我只是想让她明白，生活质量是有世俗意义上的高低之分的，但高质量的生活也无非就是这样。因为她是女孩子，我不想让她长大以后，每见一样东西都像'刘姥姥'一样，这样很可能会禁不起诱惑。我不能让她富贵，但一定要让她高贵……"

可以想见，这样教育下的孩子一定是眼界开阔的，将来的选择也决非窄路。显而易见，你的教育理念，有着你妈妈的影子，如此，一受一施，是为传承。

你为女儿写成长博客，拍照片写注释，你说，这是你这辈子专注最久的一件事，你祈祷她未来的丈夫是个有品位的人，会感激你送给他的是从她出生到出阁的所有资料。我相信，你会如愿以偿的。在女儿初潮那一天，你调动全部的积累，回顾她的成长，表达自己的期望，以洋洋洒洒七千余言，诠释母爱，读来令人感叹：

> 你嘴里说出的第一个词语是"妈妈"，你最先学会的儿歌是幼儿园小班时的《大公鸡》，你迈出的人生第一步是在一岁零十天时，你认识的第一个字是"大"，你的第一个书包是米老鼠图案的，你拥有的第一辆自行车是绿色的。妈妈保存着你所有的奖状、你所有的课本，你穿过的每一件衣服妈妈都拍了照片，你说过的每一句话妈妈都记在了心上……最让我动容的是你的那句话，你说，妈妈，你一定要找到爱你的人，那个人一定要像《家有儿女》里的夏东海，我喜欢那样的爸爸。
>
> 亲爱的女儿，我很高兴这辈子我们能做母女，但愿你不会埋怨我，因为你十二岁之前与你并肩前行的只有妈妈，以后有可能还是这样或者会是其他样。命运有很执着的走向，任何人都无力逆转，如同你的出身不能挑拣，遇到这样不合常理的家庭组合，希望你能理解。
>
> 今天你问了一句话，妈妈，你为什么说出现这种事情是成长？难道成长就是从流血开始？是的，就是这样。

文字真是奇妙，让我们能够在现实生活之外，构筑属于自己的精神生活，而且可以和别人分享。你说过，你并不向往舞台的繁华。如今，平淡与匆忙交错间，更让你懂得，生活的舞台才是最真实的舞台。你还说，岁月的奔流，日渐穷尽的是身体的光泽；热爱生活的人，因为心灵的激进，相反，会渐渐弹奏出贵族般奢华的声音。你是生命的歌者，以文字吟唱自己的心灵世界，这是一件多么美好的事情。

刘玲，祝福你！

2012年4月23日

写心

书影说

岁月的手指点石成金

"姑娘你记着，脸不是人的脸面，谁有粉都往脸上搽。看一个人是不是真干净，看他的鞋就行了。"

起初，经由作家艾苓的文章，我认识了她的母亲。读着她转引母亲的家常话，我深受启发。她笔下的家事，或源于母亲的回忆，明显很厚重。只是，她从来没有提及过母亲的名字，也许是觉得没有必要吧。记述当年父母结婚登记时，她写道：那一次母亲的名字第一次在公共场合被使用，大概也是唯一的一次，因为后来就成了"富春家里的"，等大哥出生后，就变成"来顺他娘"了。

却错了。2013年，艾苓母亲的名字——姜淑梅，不断被读者传诵。处女作在《读库1302》刊发后，姜淑梅的作品足迹又遍布《北方文学》《新青年》等刊物，首部文集《乱时候，穷时候》（铁葫芦图书出品，浙江人民出版社2013年10月出版）也已面世。

六十岁学写字，七十五岁学写作，姜淑梅从文盲成长为作家，这自然是一个励志的传奇。关键是，岁月的手指点石成金，大器晚成的她出手不凡，行文干净利落，以细节讲述故事，以故事塑造人物，有赤子之心，无酸腐之气。借用她教育艾苓的话，她的文字并未涂脂抹粉，却会让许多作家汗颜：

> 早些年，俺那儿去了生人，都是在门外问："家里有人吗？"要是男人不在家，女人就答："没人。"男人不把女人当人，女人也不把自己当人。
>
> 二儿子出生三天，身上一个布丝儿都没有。厂子里沙土多，俺就把沙土温热了，把他放到沙土里头，上面盖着他哥哥的旧衣服。尿了，就把尿湿的沙土扔出去，拉了也一样。穷人家的孩子好活，吃足了奶就不哭，没耽误俺干活儿。

姜淑梅吸纳了形象生动的民间言语，"汗溜溜的""活养死葬""口攒肚挪""跑得慢了被狼咬，跑得快了撵上狼""没事时躲着事，事来到头上不怕事"等，记录裹脚、放脚、守寡、改嫁、跪门等旧时乡村习俗，描摹那个时代命运各异的众生相。在数十个人物里，我印象深刻的，是乱时候的娘与穷时候的"俺"。

娘劝阻孩子趁乱抢物，说："外财不发咱命穷人。"娘接济乡邻、劝架断案，说："千万不要瞧不起穷人，穷没扎下穷根，富没扎下富苗。"娘为干活多年的长工买了几亩地，在井边盖了两间房，说："以后岁数大了打水方便，别人帮着打水也方便。"民心如镜。如此点点滴滴的善良言行，换来了土改时一家人的平安，以及娘出殡时全村人的送行。

姜淑梅舐犊情深，在挨饿那两年，"俺看不见自己，看得见儿子，他小脸焦黄"，她想尽办法与吝啬的婆婆斗智斗勇，甚至不惜提出分家；实在过不下去的时候，她还是在为别人着想，"俺没哭，俺都想好了，回家就抱孩子跳到浇地井里，跳到吃水井人家害怕"；跑"盲流"至东北，在山林里看见传说中的野兽，她同样先想到孩子，"拿好榛柴棵，离豆角地远点儿。要是俺叫狼吃了，孩子还有菜吃"；"宁可累死在东北，不能穷死在东北"，为此，她在月子里就熬碱来卖，贴补家用，以至几十年之后，她依然清晰地记得熬碱的方法，并历数不同地方的碱土熬出的大牙子碱、小牙子碱、葡萄牙子碱；"人穷的时候最有劲"，卖碱时，面对百货商店的工作人员，她据理力争，其言语颇具公民意识，其精气神令人肃然起敬。

姜淑梅叙述的事，多发生在半个世纪之前，比如她写饥荒年月的生活：

> 集上的大公鸡和干榆树皮一个价，都是八角钱一斤，都买榆树皮，没谁买大公鸡。买鸡损失大，骨头和鸡毛都不能吃，榆树皮是干的，可以多吃几天。
>
> 大儿子比二儿子大六岁，因为在山东挨饿，俺四年没来月经。到东北吃饱了，三个月就来了月经，有了二

儿子。

这些话，非亲历者不能言也。姜淑梅是那个乱穷时代的
受难者与见证人，她的《乱时候，穷时候》，无疑是民间述史
的可贵收获。她如数家珍般回味洋槐叶子、桑树叶子、臭椿
叶子、榆树叶子的不同口感，读来让人唏嘘不已。显然，这
些富于感性的记忆，要比官方发布的统计数字，更能让人触
摸到真实的历史。历史只有化为个体的感受，才能对人发生
作用。

刘小枫在《叙事与伦理》中说："自由的叙事伦理学激发
个人的道德反省。别人讲的故事，不仅有助于我明朗自己面
临的道德困境，也有助于我搞清楚自己的生存信念。自由的
叙事伦理学更激发个人的伦理感觉，它讲的都是绝然个人的
生命故事，深入独特个人的生命奇想和深度情感，以富于创
意的、刻下了个体感觉的深刻痕印的语言描述这些经历，一
个人经历过这种语言事件以后，伦理感觉就会完全不同了。"

阅读姜淑梅的《乱时候，穷时候》，即如此。

2013年10月22日

　　　　　　　　　　　　　写心

诗写王往

视角

视角是感性的。在王往诗集《梦境与笔记》（长江文艺出版社2013年10月出版）的诗句中，"树叶间睡着／狭小的天空"是仰视，"树叶的影子在动／光，向我泄露风的消息"是俯视。

视角更是理性的。"东方的味道／就是烛光里的纸张"，"大河流淌历史／小河映照炊烟"，王往的诗句，透露了他的阅历。

恰如台湾作家简媜所说："每一首诗有一诗眼，写诗的人也需眼界，尤其需要孤高。将灵魂悬浮于天空与地面之间，将生命寄寓于哲学与文学边缘。如此才见得着'大漠孤烟直''长河落日圆'。此二情景，皆非地面仰观所得。"

故乡

"通向老家的路，是黄叶从枝头飘向土地的过程，哪一头更应该眷念？"

故乡有家，异乡有梦。身为游子，内心总是纠结的。在王往眼中，乡村如蛛网，城市似蜂窝，都有自己眷恋与厌恶的东西。"他走了很远很远。不知是 / 为了逃离，还是为了到达"，或许，也是逃离，也是到达，唯一可以确定的是，他漂泊于二者之间。

故乡与童年相关，与亲人相关。故乡属于心灵的范畴，是超越现实的存在。

比如河流。"含沙河，离开你才发现 / 你是滋养 / 你是我诗句中最深情的一行"，"我们在分离中获得 / 最真实的拥有"——拥有的，唯余记忆，王往将河水比作乡村的皱纹，然而，河尚有水，水却污浊，映照的是人的尴尬。

比如土地。"秋天是个好季节 / 稻子黄了，豆子黄了 / 你也不要再弯腰收割了 / 大地已经将你收割 / 黑漆的棺材是大地的粮仓"——人已逝，话犹存，"别当农民，当农民最苦，那些说农民好话的 / 都不是农民，没一个想当农民 / 好好念书，长大了，去外面混，千万不要回来种地 / 没人看得起种地的，夸赞土地的人没一个愿意种地"，王往对此有着刻骨铭心的感受，他断言，"唱给土地的赞歌往往含着虚伪，流在土地上的泪水含着破碎的真诚"，"一千篇颂词 / 也容纳不了一滴眼泪"。

"漂泊的人站在村口 / 长大的地方变得陌生"。一个房子要成其为家，需要出入其间那生动的人，和堆满角角落落的日子及生活；一个远方要成为温暖的向往，需要熟识的人在其间游走，串联出美好的回忆。物是人非，于是，"我去祖宗坟上磕个头／磕个头，我就走"。

悲悯

"我通过自己的孤独看到众多人的孤独，这使我的心暗藏悲悯。"

不止于孤独，王往经历丰富，对底层的痛苦与喜悦了如指掌，"底层是一车煤／是光和热的来源"。不过，"一只蚂蚁如何让人听到哭泣"，作为亲历者，他便自觉担当起弱势群体的代言人。

"在窗帘和班台之间／在十二层楼上／有一片／残忍的草原"，打工路上，弱肉强食；"那人蹲了下去，抱着头／像甲骨文里的'羊'字"，当养家糊口的营运者遇到冰冷的行政机器，只能是待宰的羔羊；"车来了／一地包裹惊动／车门打开／我这个曾经远行的人／本能地往后一退"，曾经沧海，眼见小溪东流，百味杂陈……

与之相对应，王往对强者予以讽喻，而致力于"以诗歌拆除谎言"，也成为他"活下去的理由"之一。"我对强大的力量保持怀疑／我对唯一的方向有恐惧感"，显然，这是悲悯之源。

"村长在公章里当着皇帝"，"总统认为／土地、食物、生命都是／他的恩赐，他是分蛋糕的刀叉"——所谓强者，性格与命运都是相似的，王往笔下的一村之长与一国总统，自然也有超出字面本身的概括。还有《一的故事》，"一是我们生活的保证，一是我们家的声音 / 所有的一都是父亲的一，是他的那个一的延伸 / 像阳光的投影。所以，我们家只有一个人说话 / 一是我们家共有的表情"，诗中的父亲不过是一种体制的符号。

王往写过一首《历史课》，未收入诗集，最后一节如下："猴子们伸手讨要选票 / 管理员诉说着 / 他的委屈：/ 难道我没有给你们香蕉。"有读友如是评论："猴子们从朝三暮四进化了，管理员却没有与时俱进。"与之相类，《梦境与笔记》里有一首《民间故事》，不过他的心态更为复杂，因为上层"用谎言启蒙"，而下层"争着笼子内的自由"，这实为一个时代的隐喻。

断章

《梦境与笔记》里，我偏爱《槐花》《平原谣》《灵感》《活下去的理由》《善良的人不会明白》《民间故事》《一的故事》等诗作，对"雨水书写出河流""脚印总是修改荆棘""黑暗像爆竹一样 / 突然响起"等诗句也玩味良久。

一首诗，当然需要从整体来把握与理解。可是，自古以来，总有一些诗句太过耀眼，从整首诗里跳脱出来，拥有独立存在的意义与价值。基于此，我从王往的诗作里选出一些断章，转引于此：

人类登上了月球 / 便跌倒于诗意

每个人都是被牵着的驴子 / 谁知道命运的绳子走向石磨还是 / 青青草地

人们去乡下过年了 / 空出的大街像获释的犯人 / 一无所有，自由自在

在夜色中，道路 / 是一根草茎 / 人们踏过去 / 心虚，而有所期待

楼上的几个姐妹零售身体 / 楼下的老张将鱼分段儿卖 / 我住中间，批发青春

书写与阅读

王往说，"爱情的故乡在诗歌里，而 / 诗歌的故乡就是流浪"，"诗，是诗人的 / 出生地和墓园"，"我们书写着文字，文字也在书写我们"。《梦境与笔记》是他二十余年诗歌写作的记录，五千三百零六行诗句，书写了他的情感与识见。何止是大师，王往也"在时间中等待阅读的眼睛"。

文字是有多义性的。阅读是一件私事，读到最后，看到的都是自己的体验与气质。我的阅读札记，只是一孔之见一面之词，聊博一笑而已。

2013年10月29日

故乡是时光的别名

近世以来，社会分工愈来愈细，科技领域如此，人文世界亦然。

由此，诸如书法家不辨平仄，作品多录唐诗宋词之类，似也成为见怪不怪之事。

在这样的背景下，画家郁俊捧出两卷随笔，确实令人瞩目。

说起来，当年在文化论坛"小众菜园"，郁俊以网名"半窗灵鼠斋"活跃时，即有文名，此前也有《洛丽塔与拉布拉多》一书行世，但迟至今日，因缘具足，我才得见其文。

郁俊新书，《画史之外》（星汉文章出品，海燕出版社2017年1月出版）与其专业相关，显洞察，露视野，见性情；《杂馔》（星汉文章出品，海燕出版社2017年1月出版）在饮食与非饮食之间，以风物写人物，多有令人会心之处。相较而言，我更偏爱《杂馔》。

诚如汪曾祺先生所说，语言不仅是形式，也是内容。语

　　　　　　　　　　　　　　　　　　　　　写心

言和内容（思想）是同时存在，不可剥离的。语言不只是载体，是本体。

郁俊的语言，表面上看，突出的是方言杂陈、文白间作、口语叙述，以及语句倒装、词汇借用等修辞之术。

比如，他以医学界的术语，说"小笼蒸饺一人三个，蘸醋内服"；以古玩界的行话，评论东北土产大酱"咸得很开门"、阿娟饮食店的台子和凳子"包浆深厚"，令人莞尔。

在此书自序里，郁俊开宗明义，说自己对吃，"既不精通，也不讲究。……无非借写吃的，重温曾有的温暖"。此为文眼，也是解读书里文字的密钥。

或缘于日常线条的描绘，郁俊的文字颇有画面感——

鞭炮被雪水一浸，成了花瓣一样的红泥，愚园路上均匀地铺了一层，走在上面，脚隐隐地觉得到寒气。我虽然年纪小，这种感觉却一直记得，大体上又凄艳，又落寞，和伤春接近。

夜很快就深了，喝多了啤酒，晕乎乎地出来在田埂上小便，唱歌，远远的狼狗低吼几声，一天星斗，和太古没什么区别。只有沉默凝重的南浦大桥桥墩子，稳稳地扎在身边，似乎要告诉我们未来将会发生的一切。

渔火，船上一枚，水里一枚，渐渐地近了，到桥底下，走到身后去。

阅读是一种再创作。读者阅历各异，面对同一本书，恰似面对同一面镜子，却看到不同的世界。

我与郁俊年龄相仿，身世相近，所以对其书中记录的经历与感受，颇为亲近。

儿时游戏，多数已淡忘，唯几种捉弄人的还清晰如昨，无他，只因自己曾深受其害。

童年郁俊和小伙伴采苍耳，将有钩子的小果子，拿来丢在女孩子的毛衣上。我们当年也这么做，不过是扔在对方头发上，无论男女。自然，这是一个互动的过程，并非一味的快意。

某日，某小儿闻手中一段草茎，做陶醉状，见我近前，说："闻闻什么味儿。"待我鼻子凑近，他猛地在我鼻下一划拉，一股疼痛感由鼻下传遍全身——上当了。原来这是一种唤作"涩拉秧"的茎，上面布满细小的刺，经此一划，焉能不痛？

"时近清明，讲究一个慎终追远，我回乡去扫了一圈墓，有些感慨：人岁数一天天在增加，需要扫的墓也越来越多。第一要去祭扫的肯定是老辈。"在书中，郁俊两次提及，每次回家，爷爷奶奶或在院子里打枣，或出门钓鱼摸蟹。爷爷为此还摔伤过腿，甚至被地痞将心血骗偷了去。"他动了气，又没有办法，回家来伤心了好几天。此事我之前并不知情，后来老先生故去了，家里人才告知。所以每次礼毕，我都会低头和南，在墓碑前轻轻说一句，多谢。"

在我的老家，房前屋后栽种着植物，杨树、榆树、桐树

写心

之外，还有葡萄、大枣、石榴。秋熟时节回家，爷爷和父母也是忙前忙后地张罗。在此之前，远没到中秋，母亲就打来电话，问我们何时回去，又对我的儿子说：奶奶给你留了石榴，等你回来吃。

在我看来，石榴可真没有什么吃头，籽儿大又多。家人种石榴树，或只是看中了它的寓意（多子）而已。如今想来，这些食物，也是家人表达想念我们的一个借口。想想也是，如果没有孩子分享，家里树上的那些果实，也仅仅是普通的食物而已，那和从市场上买来的又有什么区别呢？

"我们这些还不曾领略过大世面的孩子，一个个爬上江堤，被随潮水而来的风吹得东倒西歪，回头望望身后的甜芦粟，成片起伏着，像极了后来注视着我们各自离开的乡亲。"郁俊所言极是。我们的一生都在不断奔行，远离故乡，远离父母，远离朋友和兄弟，远离那些我们熟悉的旧时光，走到最后，我们才发现，终点其实就是起点。

故乡不仅是空间的存在、地理的界定，也是时间的累积、心理的依归。一定意义上，故乡与童年可以互为指称。甚至不止童年，故乡是时光的别名。

一个人离开故乡，便从此走在了回家的途中。

2017年7月2日

带着故乡去旅行

某夜失眠，起身翻检电视频道，无意中在浙江卫视看到老六，便停下来。那是一期重播的《华少爱读书》节目，他与沈宏非、华少在聊《护生画集》。

老六说，漫画的命名与随笔相类，而丰子恺的漫画可谓绘画中的随笔。

这种说法新人耳目，让我一时更无睡意。

在我的阅读版图里，随笔这种文体，运用纯熟又别开生面的作者，欧美之外，多属东瀛。

远的不提，且说高仲健一。在《山是山水是水》前言里，他创造了"画随"这个名词，用以称呼书中画与随笔的合体。的确，他的画与随笔不可分割，质朴拙趣又有禅意，展示了丰饶的山居生活。

还有原田泰治。《原田泰治的素朴画世界：谁都有的故乡》（原田泰治著，吴菲译，读库出品，新星出版社2017年11月出版）里的图文，也可以"画随"来概括。自然，二人的不同

　　　　　　　　　　　　　　　写心

是明显的，仅就画作来说，高仲健一采用的是他心仪的朝鲜李氏王朝时期民间绘画的风格，而原田泰治则选择了十九世纪末在欧洲兴起的素朴画派的手法。

此书译者吴菲曾作文《原田泰治和他的素朴画》，记录画家与素朴画的因缘，分析其画作的构成要素。我印象深刻的，是下面两段话：

> 关于人物面部的留白，用画家本人的话来说就是："我笔下的人物没有眼睛和鼻子，观者只管将人物的表情在心中描绘出来就好。所以，观者悲伤时，人物便是悲伤；观者快乐时，人物一定也面带微笑。"
>
> 其实原田泰治早期的绘本中，大部分人物是有五官的。在从绘本转向单幅素朴画的创作过程中，他笔下的人物渐渐定型为没有五官的形象。这或许是画家为在画面中寻找故乡风景的人特意留下的空白，就像各处景点设置的那些供游客拍照留念的人物招牌那样，人人都可将自己的脸凑上去，当自己是主角，由此获得一种仿佛与观赏对象融为一体的满足感。但我觉得，人物面部的留白，其实是为了把画中主角的位置让给房屋、石垣、电车等人工建造物，因为这些才是最能让我们回忆起故乡的景物。如果有清晰的人脸出现，观者对那些"造形物所体现的意志"的感受一定会减弱许多。

吴菲所言极是。翻遍《原田泰治的素朴画世界：谁都有的故乡》，画家这个特色一以贯之，只在《白糠线》《马铃薯之花》两处"空镜头"里付诸阙如。

想当年，曾有人撰文《丰子恺画画不要脸》，赞誉丰先生作画，只寥寥几笔，虽人物脸部无眼无鼻，却惟妙惟肖。不知原田泰治是否受到丰先生影响？

此书内容，源自画家当年在《朝日新闻·周日副刊》连载的画文专栏《原田泰治的世界》，编排亦依原刊发次序。

在文中，吴菲对原田泰治的随笔着墨不多。而此书阅毕，我却更偏爱画家的文字。它们有时空与情感的纵深，与一百二十七幅绘画作品相得益彰，共同呈现了画家的心灵世界。

据吴菲记述，当初为展现日本各地的风土人情，原田泰治虽腿脚不便，但依然亲力亲为，实地踏访，外出取材。

诚如朱天心所言，我们的旅行就是离开你熟悉的地方，换一个角度和视野去看你视为当然的生活。到了异地之后，你会发现很多视为当然的生活，其实一点都不当然。你是带着你的故乡在旅行。

原田泰治即如此。

比如《拾栗子》，原田泰治在长野县上高井郡小布施町，距离故乡信州不远的地方，由栗子品尝出家人的情意：

　　微风中树叶沙沙作响的栗树林里，一大早就能看见来拾栗子的人。大家穿着各自备好的长筒胶鞋，把栗子装进腰间竹篓。

望着这样的景象，我不禁回想起一放学回家就和小伙伴去拾栗子的时光。用牙齿把栗壳咬开，用指甲刮去内皮，在衣角上用力擦一擦，就直接生吃。

栗子脆脆的，嚼细了有种无法形容的滋味。奶奶告诫："吃多了长疖子。"两三天后，手脚果真生出疖子。那时候，都说围炉柴火里渗出的木液可以做药，奶奶为我涂了很多次。

小布施正处于一年之中加工栗子最繁忙的时期，我在这里吃到了用现摘栗子焖制的栗子硬饭，满嘴皆是妈妈手制栗子饭的亲切滋味。

这不由得让人想到卡尔维诺的《看不见的城市》。

在那本书里，马可·波罗向忽必烈汗介绍了许多城市的风物，天快亮时，他说："陛下，我已经把我所知道的所有城市都讲给你听了。"

忽必烈汗说："还有一个你从未讲过，威尼斯。"

"你以为我一直在讲什么？"

"可我从未听你提及她的名字。"

"每次描述一座城市时，我都讲点威尼斯。"

又如《长头巴士》，原田泰治在岩手县西磐井郡平泉町，由长头巴士回想起成长的细节：

现代人出行都靠坐车，已经很少走路了。在我小时候，即便去很远的城镇也是一步步走去的。巴士是高级交通工具，难得坐一回。

虽然坐不了，我却常常含着冰棒边走边望着巴士扬着尘土从身边经过。下雨天，从引擎里漏出的机油在积水上描绘出彩虹色的花纹，这在我眼中显得十分新奇，总是蹲在路边不知厌倦地看呀看，也闻过巴士从车站出发时排出的废气。关于巴士的回忆如此之多。

这简直是另一个我在娓娓道来。

小的时候，我特别喜欢在村边马路上尾随奔驰而去的汽车，用力地呼吸汽车的尾气。那种新鲜奇妙的味道，是一种诱惑，让我对外面的世界充满向往。

阅读也是一场旅行，带着故乡的旅行，就像我读原田泰治。

故乡在纸上。

故乡在心头。

2018年1月16日

写心

一位青年学人的心灵地标

结缘朱航满先生，始于何频先生的《茶事一年间》。

我曾在郑州三联书店工作多年，经手采购、销售的书难以计数。何频先生是我的同乡，他的转型首作《羞人的藏书票》，当初就是我经办引入书店的。他后来专注于草木笔记与艺苑钩沉，《看草》即前者的成果之一。此书为日记体，选取两年的相关内容互为对照，他以实证精神，经由草木的荣枯，训练心性的缜密，探寻生命的本质。文本之外，他的志趣与实践的改变，对我的人生规划也多有启示。

《茶事一年间》为"副刊文丛"之一，由大象出版社2017年1月出版。此书收入何频先生发表于《文汇报》"笔会"副刊的随笔，附录二文，亦皆曾刊于"笔会"，朱航满先生的《草木知己》即其一。他在文末写道："我为何频的这一中年之变，感到由衷地高兴，我觉得这些优雅又不失关怀的草木笔记，相比他之前的党史研究，或许时空的意味会更恒远。"我读来深有同感，一时引为同类。

有此因缘，在操持第十六届全国民间读书年会之初，我便约请何频先生及朱航满先生与会。遗憾的是，航满先生因公务未能成行。会后，我给他寄去读书年会资料，同时也收到了他寄赠的新著《木桃集》。我留意到，他的题签时间，正是读书年会报到之日。

《木桃集》为"开卷书坊"第七辑之一，由文汇出版社2018年8月出版。此书精选朱航满先生历年来的随笔，事关周作人、黄裳、谷林、孙犁、董桥、郑朝宗、孙郁、止庵等前辈与师友，一人一辑，先总后分，点面兼具。诚如航满先生在后记中所言，给予他滋养与恩惠的，不止上述八位，所以称此书为航满先生的精神谱系有些夸张，不过读者或可借此一窥一位青年学人的心灵地标。

此书正文四十篇，其中关于周作人的就有十一篇之多，由此可见知堂文字在航满先生心中的分量。这让我想起一件书店往事。某日，一位老兄指着书架间隙周作人的照片，出离愤怒地说："这是个汉奸，你们书店为什么要挂他的肖像？他的书都应该烧了才好！"我们一时无语，只好僵笑着听他发牢骚。现在看来，那位审查官式的读者，书真的是白读了。

航满先生也说，文章风格与趣味不同，却各有存在的必要，不必有所轻重，正如人之口味一样。此书即其观点的具体呈现，周作人与孙犁同在，黄裳与止庵并存，展现了其学养来源的多元。也许只有在书架上，无论是书店的还是书房的，诸位神明才能各得其所吧。

对于周作人的自编文集，应先读哪本后读哪本，或者选取哪本来读？航满先生认为，各种不同的选择，取决于读者的趣味、眼光、境界，并无对错之分。在转引了刘绪源、倪墨炎对周氏散文前后期截然相反的判断之后，他写道："以我的阅读经验来看，读周作人，还是从诸如《雨天的书》和《看云集》这类早期写就的散文入手较好，这也符合周氏散文创作的艺术发展轨迹。"

当年在评议"黄跋"之后，黄永年再次作文，仍以权威专家的口吻，不点名批评了黄裳的题跋。笔头富含"凌厉之气"的黄裳，却没有穷追到底。如何看待二人之争？航满先生先转引黄永年的弟子辛德勇的观点，问题根源在于自学成才的文人与科班正途的教授之间"互相看不起"，进而写道："作为文人的黄裳，甚至包括谈黄裳题跋的倪墨炎，虽都喜好学问之事，但难免都是会有一些文人的趣味和性情，其中的情趣，则不好以学术的眼光来予以审视。"

航满先生由相应书里的细节，展开对陈梦熊、冉淮舟的考证，别开天地，让人印象深刻。在《凤鸣·银鱼·富春》一文中，他梳理了《银鱼集》封面设计争议背后的故事。需要补充的是，范用先生对黄裳此书书衣颇有微词，二十多年后在《叶雨书衣》自序中写道："不看书稿，是设计不好封面的。举一个例：有人设计黄裳《银鱼集》的封面，画了六七条活生生的鱼。他不知道这'银鱼'是书蛀虫，即蠹虫、脉望，结果闹了笑话。"

顺便说一句。《叶雨书衣》第六十一页之图，《读书随笔》毛边本上的签名，"范用"二字明显是后写贴上去的，其下隐约显现"沈昌文"。细想想，《读书随笔》出版之时，正值沈昌文先生执掌三联书店，而"在京的叶灵凤的老朋友们专门聚了一次"，或许范用先生并未参加，只是获赠有聚会诸公签名的毛边本而已。其间曲折，令人遐想。

在《发潜德之幽光》一文中，航满先生写道："谷林的文章优雅、沉厚、绵密，又有一种温润宽厚的文人古风。他的不少文章既是充满慧心识见的读书笔记，也是一篇篇精致优雅的书话散文。这些与读书有关的文章，时常从自己阅读的体验出发，一点也不回避个人的真实感受，于是往往是随感、赏析、评论与记忆互相交织，读来令人亲切。"此言也道出了我阅读《木桃集》时的感受。

大约二十年前，孙郁先生曾在《当代文学中的周作人传统》一文中指出，在当代文学中，有一种研读、揣摩和学习知堂文章的传统。他分析这个文人群体，列举了十数位代表人物。我想，如今他若修订此文，应该会加上朱航满先生吧。在此文末尾，孙郁先生期待新世纪文坛注重周氏一脉在学术上超功利的人文态度，走向复归"五四"的精神写作。在五四运动一百周年的今天，知识分子依然任重道远。

2019年1月16日

《搭错车》：记忆或想象

如果不是一阵风，枝干上的叶无法与根相见。

如果不是一场雨，河流中的水无法与源亲近。

2002年初夏，我在音像店邂逅电影《搭错车》的DVD，毫不犹豫地买下。回来将其放入影碟机，那熟悉的旋律和陌生的情节穿越时间和空间，与我过去的经历和感受相拥起舞……

1988年，我十四岁。那一年，程琳的《酒干倘卖无》传唱大江南北，自然也流传到了我就读的那所偏僻的中学。后来我知道，这首歌的首唱是苏芮。当时我只知道《酒干倘卖无》是《搭错车》的主题歌，闲时便琢磨歌词和电影的关联。从歌词来看，很显然，男主人公是个哑巴，女主人公是个歌手，但哑巴如何会唱"酒干倘卖无"并教人说话呢？还有，"酒干倘卖无"是什么意思，果真如同学们所猜测的，是"酒干瓶卖我"？那么这哑巴是个收酒瓶的，歌手则是鸡窝里飞出的金凤凰？想得我头疼，便很想看看这部电影印证一下。

现在我知道了，我的想象还不错，我的疑惑也被消释了：

哑叔是以小号来"唱"《酒干倘卖无》的,哑叔虽然不会说话,但他身边自有能言善语者。收卖酒瓶的哑叔和捡来的弃婴阿美相依为命,共同抗击着人生的风雨……

看看《搭错车》印证猜测这个念头只是一晃而过,深埋心底。我的经历告诉自己,生活有太多无奈,怎么能对看一场电影抱太大希望呢?太阳底下无新事,和其他人一样,我按部就班地读书,自己的成长伴随着父母的衰老,离家的距离和个头成比例地增长。视野渐宽,爱好也渐多元。有一阵儿,我迷上了罗大佑,从他那极具批判精神和怅惘情调的歌里得到了满足。某日,我发现他的《一样的月光》竟是《搭错车》的插曲!这勾起了我那个小小的梦想,又让我在心里描摹《搭错车》的场景。歌中的新店溪,大约就是故事的发生地吧。新店溪,以及《阿里山的姑娘》中的阿里山,《绿岛小夜曲》中的绿岛,都成了我心灵地图上的地标。想象自然没有什么结果,少年不识愁滋味的我只有吟唱《一样的月光》:"是我们改变了世界,还是世界改变了我和你?"

成长如蜕。阿美长大后,在歌厅唱歌为生。后来,她结识了颇具才华的音乐人时君迈,在他的帮助下,演艺实力飞速提升。偶然的机会,唱片公司老板发现了阿美,将她包装推出。从此,阿美成了孙瑞琪,远离了儿时玩伴和哑叔,大红大紫的她奔波于各地演出……看着近在眼前的哑叔却不敢也不能相认,任由老板说自己的父亲是一个赴美的大建筑商,内心的苦痛,或许就是成长的代价?记得在1995年中央电视台春节联欢晚会上，郭达、蔡明等人表演的小品《父亲》就演绎了这样的故事，也许他们是照搬了《搭错车》的人物与情节设置，也或许，是商品社会导致生活的相似，造就了作品惊人一致的情况？

如今想来，我似乎与《搭错车》特别有缘，注定要相见，而相见前所有的经历，都是为相见做铺垫。大学毕业后，我参加工作，在单位结识了后来成为爱人的牛桂玲。经过两年多的交往，我将结婚提上日程，而她却一直在犹豫和回避。这时，《请跟我来》飘进了我的耳朵，让我动心。随即，我将这首歌的歌词打散，并融入我的表白，给小牛写了一封信……后来，小牛跟我走进了婚姻殿堂；再后来，2002年3月7日，儿子马骁也跟着我们来到了这个世界。我不知道，《请跟我来》在当时起了多大作用，我只知道，这首歌同样也是《搭错车》的插曲，便对这位心仪已久的老朋友心存感激。

树欲静而风不止，子欲养而亲不待。巡回演唱会告一段落，阿美回到家乡，却发现哑叔已撒手西去，她只有将所有的遗憾和怀念付诸歌声，在演唱会上悲哀地唱出哑叔最喜爱的《酒干倘卖无》。《搭错车》英文名为《PaPa, Can you hear me sing》，似乎更能传达出这种情绪。

影片结束了，而我的生活还要继续。我拿起手边的电话，拨通了那个熟悉而又疏忽的号码……

2002年6月8日

书影说

287

绝望漫过青春

阿贵十七岁。阿贵拥有一辆自行车。

小坚十七岁。小坚也拥有一辆自行车。

他们拥有着同一辆自行车。

自行车是什么？一个代步工具而已。但答案似乎又不是这么简单，在王小帅导演的电影《十七岁的单车》里，对阿贵来说，自行车是吃饭（送快递）的家伙，是身为外来者的自己与庞大京城的一种有机的联系，而对小坚来说，自行车应该是亲情的一个温暖的载体，同时还寄托了自己的梦想和光荣。

阿贵的自行车丢了。

小坚的自行车也丢了。

他们丢的是同一辆车。两种毫不相干的青春，因为同一辆自行车彼此交会，从此命运同担。

丢车后，阿贵刻舟求剑地守候，自然没有结果，继而东施效颦地偷车，又碰壁遭训，最终按图索骥，找到了"自己

写心

的车"，也找来了无休无止的麻烦，麻烦来自小坚那青涩的爱情。

"你的车挺好的！"一句漫不经心的评语，由自己喜欢的女同学说出来，给予小坚无穷的力量，让他挥洒起虚荣的青春。然而，这种满足背后，更多的是不安，因为买车的钱是自己意气之下"拿"家里的，况且，这辆车来旧货市场之前，有着刻骨铭心的故事⋯⋯

阿贵重新拥有这辆自行车。

小坚暂时失去这辆自行车。

他苦闷、焦躁，摔打着无辜的初恋。

"你别生气了，不就一辆车吗？丢了就丢了，你再买一辆不就是了吗？"——话是这么说，妹妹，"再买一辆"，太轻巧了吧？"你看你整天垂头丧气的，至于吗？"

"至于！"——人家也是好心，小坚，可别说气话！

"对不起，那咱们走吧？"

"你先走吧！"——人家已经说对不起了⋯⋯

"那你没有车，我可以带着你呀！"

"谁用你带我啊？"——多浪漫的事，你不珍惜！

"那要不，你带着我？"

"没你我回不去家呀？你先走吧，烦不烦呀！"

所谓无疾而终的事是不存在的，只是我们不愿去面对、去寻找罢了。小坚这几句应对的话一出口，我们就预支了一种伤感。

小坚丢了车，丢了魂，丢了心爱的人，那把车找回来呢？

对车的争夺让人眼花缭乱，拳脚，哭喊，一辆车的前世今生纠缠着这群十七岁的少年。最终，他们达成伟大的妥协：共同拥有，一人用一天。是的，是伟大，而不是荒诞，还有比这更完美的解决办法吗？

其实不只是时间，对于爱情我们也是一样的态度：希望它来，希望它留，希望它再来。小坚骑着找回来的车，却追不上心爱的人那双翅膀了。初恋总会结束，但无论止于何时，都会让人惋惜和不甘。心爱的人移情别恋，小坚并没有轻言放弃，虽然镜头里他没说一句话，观众却完全可以体会到他的追悔和锲而不舍。

他的行动马上就得到了"回报"，阿欢——这个"同情（人）者"拦住了他，骑车围着他绕了几圈，点着一支香烟，吸了一口，塞到他的嘴里。这支烟我们在电影《海上钢琴师》里也曾见过，"1900"（主人公）与爵士乐王较量钢琴技艺，一曲弹毕，"1900"取了香烟，在早已灼热的琴弦上点燃，塞到已目瞪口呆的爵士乐王的嘴里，说："我不抽烟。你抽吧！"

这支烟，叫侮辱。

阿欢瞧瞧小坚的车，吐了口烟气，道："车不错！"

这话耳熟，对，心爱的人也曾说过，但如今听来，沧海桑田，颇为刺耳。

小坚被激怒了。某日，他尾随阿欢两人，顺手抄了块板砖，趁其不意，将这个抢走自己女朋友的人拍倒在地。在和阿贵

　　　　　　　　　　　　　　　　　写心

交接自行车时，小坚说："这车我不需要了！"看得出，小坚准备接受初恋失败的现实，抖落一身的虚荣。阿贵还没来得及高兴，阿欢的同伙已经赶到了——复仇开始了！

结果，本是局外人的阿贵，连同当事人小坚，被追赶痛打。这一切，只因为他们共同拥有一辆自行车，而那辆车也难逃厄运，被人给无情地砸烂了——即便如此，阿贵仍然珍爱这辆已经报废的车，扛着它，走过北京那车水马龙的大街……

这辆自行车，就是一座青春的祭坛。十七岁的小坚，在这里埋葬初恋；十七岁的阿贵，祭奠此刻的人生。不同的青春，被相同的绝望侵袭。

2004年6月13日

谁教我们懂得了爱情

　　每个人的身后都拖着长长短短的岁月，一如星光下那斑驳的身影。更多的时候，其间的故事封存于我们的心中，不忍言说，外人也难以接近。

　　比如爱情。

　　许多年过去，你心中的创伤早已愈合，甚至那伤痕处，渐次绽放了思想的花朵。你说，初恋没有失败一说，它让我们更全面地认识自己，让我们照出要牵手一生的伴侣的模样，初恋教我们成熟。唇齿翻飞间，当初那刻骨铭心的事故，如今成了一个无关痛痒的故事。直到有一天，你看到别人的爱情发生、发展、发霉，这个与你毫无相干的过程让你的伤口隐隐发痒作痛，于是你明白，对于初恋，轻描淡写是过于草率了。

　　比如基耶斯洛夫斯基导演的电影《爱情短片》。

　　十九岁的托梅克是个孤儿，寄居于喜欢常年漂泊的同学家里。这个同学留给他一个孤独的老母亲和一架望远镜，并指

　　　　　　　　　　　　　　　　　　　　写心

给他看对面女画家玛格达的窗口。玛格达喜欢画画，喜欢抽烟，喜欢……做爱。她时常邀不同的男人到自己的寓所，在卧室在厨房，在床上在地上，花样翻新，一次次挑动着托梅克的神经。为此，托梅克到附近的地质研究所偷了一架高倍望远镜，更清晰地观察玛格达的举动，辅以自慰，沉湎于意淫之中。

这时的托梅克，和进出玛格达的房间与身体的那些男人，并没有本质的区别。

生活不会这么平铺直叙。神奇的是，时日既久，在托梅克的心间，竟有了对玛格达的爱怜。是出于嫉妒吧，在邮局工作的他，截扣了寄给玛格达的信件，那是她移居澳大利亚的男友寄来的；是缘于痛恨吗，当又一个男人走进玛格达的寓所，他拨通了煤气公司的电话要求检修，留的却是她的房号——托梅克内心认定：这是我的爱人。

为了进一步接近玛格达，托梅克兼职送牛奶，一大早起来，拖着满满当当的一车牛奶，走近玛格达。这车牛奶的其他瓶就是阶梯，铺就了通向她的路，她的空奶瓶早就在门外放着了，托梅克换走就是，然而这样就失去送奶的意义了，托梅克将空瓶藏好，敲开玛格达的门，说她忘了将空瓶放出来——颇费心计。

更为用心良苦的是，托梅克伪造了汇款通知单，塞到玛格达的邮箱里，引她到邮局取款——自然是没钱可兑，却成就了他见她一面的心愿。

到了晚上，托梅克照常偷窥玛格达。

是夜，玛格达跳出送她回来的汽车，愤怒地拍击着车顶，咒骂着什么，气冲冲地上楼，穿廊，进门，甩掉大衣，取出冰箱中的牛奶放在桌上，却又不小心碰倒。她背朝窗户背朝托梅克背朝我们这些观众，趴在桌上，手指无聊地划着四溢的牛奶，双肩颤抖——她在哭！这打破了托梅克的习惯。她为什么要哭呢？镜头里自然没有答案，这让他揪心不已，只有透过望远镜抚慰心爱的人。

　　第二天，玛格达的邮箱里又有了张汇款通知单。

　　玛格达又一次到邮局取款不成，反被负责人怀疑诈骗，她恼羞成怒，愤而离去。玩笑开大了！托梅克追上她，向她解释那些汇款单的来路，一切都是因为"我想见到你"。玛格达不解，却又对这个恶作剧无可奈何，她转身离开，却听到了背后男孩的喊叫："昨天晚上你哭了！"嗯？问题并没那么简单，原来他一直在偷窥自己，并且已经在打扰自己的生活了。

　　借着一个男友的拳头，玛格达教训了这个男孩。

　　次日清晨，玛格达看到送牛奶的男孩拥有了一双熊猫眼。她不由得对他有了好奇心："你为什么要观察我？"

　　"因为……因为我爱你。"

　　"那——你想要什么？你想吻我吗？"

　　否定。

　　"你想和我上床吗？"

　　再次否定。"我只想看到你！"

世上还有这种爱情吗？无关风月的，直指内心的。玛格达一时竟不知所措，这个男孩的爱情宣言实在纯粹，甚至配得上"神圣"和"伟大"这些词语，她事先酝酿的居高临下的蔑视居然无法释放，惯性地迈脚却踏了空。所以当男孩鼓足勇气，邀她喝咖啡时，她愉快地接受了，她要将他拉回到现实的地上。

"这世上没有爱情，只有性。男人只是想着和女人做爱，而那却与爱无关。"玛格达对男孩的"打扰"并不在意，在咖啡馆里，她尽情表述着对爱情的见解，甚至忘记询问他的姓名。

之后，玛格达又带着男孩回到自己的房间，演示了她心目中的爱情。从浴室里出来，她说："现在我下边什么也没穿，你是知道的。当一个女人渴望一个男人的时候，她的下面会很湿——你想感觉一下吗？"不由分说，她捉住他惊慌不已的双手，放进自己的大腿根——男孩情不自禁地摸起来，呼吸紧促，浑身颤抖，下身一阵抽搐。

"完了吗？这就是爱。去浴室洗一洗罢。"玛格达完成了又一次爱情演绎，志得意满。

托梅克像一头被激怒的雄狮，起身甩门而去。心灵圣坛的偶像，就这么轻易地碎了。也许，正如玛格达所说，这世上本来就不存在什么爱情，只有现实的肉欲？自己青春念想中的爱情，纯洁美丽，分明一触可及，怎么转眼间就沾了凡尘的风雨，就这么灰飞烟灭踪影难寻了？

回到寄居之所，托梅克走进浴室，取出剃刀割腕，然后将双手放入已盛了水的面盆。渐渐地，那红色的迷茫消散开来……

　　刹那间，玛格达感觉自己有点过了。她分明看到昏黄灯光下的这个男孩，身后拖着的竟是自己的影子。她意识到，起初烫伤自己的那团火，错误地"还"给了无邪的青春。多年之后，她被这团火再次灼痛。或许，这世上仍然存在着稀缺的爱情？或许，这个男孩是对的？

　　玛格达拿了白纸板，用粗彩笔写上"请回来！原谅我"，固定在窗上，召唤着男孩。她又取出自己的微型望远镜，望向男孩居所的窗户——看到的，只是虚空。楼下什么时候停了辆救护车，载了从对面楼上抬下来的人，呼啸而去。她的心一紧，拿了男孩遗落的外套，匆匆下楼。

　　她的判断还不错，她敲开了男孩寄居的老太太家的门。

　　果然，救护车上的，正是这个男孩。她从老妇人的口中打探到，男孩叫托梅克——这个时候，姓名已无关紧要了，她深知，自己羞辱了鲜活的爱情。老妇人并不告诉她托梅克去了哪家医院，也拒绝透露家里的电话号码——很明显，老妇人怕失去生活中唯一的依恋。

　　接下来的几天里，玛格达魂不守舍，她到处寻找托梅克，她想告诉他，他是对的，是她错了，却一直未能如愿。终于有一天，在邮局，她看见他已经伤愈上班了，便走上前，怀着内疚，欲言——

　　　　　　　　　　　　　　　　　　　　　　　　写心

不料，托梅克先张口了："我不再偷窥你了。"

她和他的爱情，再次擦肩而过。

一个男孩成长为一个男人了，那场短暂的爱情就是洗礼。成长如蜕，即便痛苦，却是一个人的必经之路。托梅克的爱情是虚幻的，但它又是我们人生某一阶段的真实存在；托梅克的爱情是虚幻的，玛格达的又何尝不是？我们只是担心，那害人不浅的一团火没有止息，在人间被抛来递去。

当我们懂得了爱情，爱情已经不在。

当我们懂得了爱情，爱情或许已被我们误解。

谁教我们懂得了爱情？

2004年6月28日

后　记

　　每一本书都有自己的命运。

　　比如《写心》。若非其入选2019年度河南省作家协会重点作品扶持项目，我那刊行一册新散文集的设想，无疑有些不切实际。因此，谨向"文鼎中原"工程诸位评审专家致以深深的谢意。

　　"写心"这个书名，在我的计划里，原本属于父亲与我的家书集。可惜它目前尚无着落，将来又大概率会改名，便借来一用。这两个字，即"我手写我心"的简称，其创意源自作家乔叶。当年见她如此题词，十分亲切与喜欢。在此之前，我办的手抄报《我》，一直以此为宗旨，而且还请同事陈思设计了一枚相应的藏书票。后来，我请张满弓老师帮忙，从弘一法师遗墨中集了两字，请同事胡红影又设计了一枚藏书票。在此，对上述师友表示感谢。

　　此书所选作品，以近年新作及未曾入集的为主，按题材分为六辑。

"流年册"描摹童年与故乡。其中，《卖菜记》是我写作的分水岭，经由此文，我才摸到文学的门槛。数年后，我又集中撰写了系列文章，如《消逝的事物》等。《故乡流言》可谓其边角余料，而《阅读故乡》等算是深入加工，其间对人生乃至社会有了进一步的理解。

　　"成长课"聚焦家教与成长。《发现自己的前世今生》《生活总有文字除不尽的余数》是父子家书集的序跋，介绍了我录入整理那些文字的前因后果。此外，我还以十年家书为素材，连缀了自己的大学与书店时光，并附录父亲家书选段，以便读者一斑窥豹。

　　"升学记"勾勒小升初与中考。《家长的小升初》《中考魔方》是我将个人叙事与公共话题相结合的非虚构习作。我参照《纽约客》采写规范里的信息核实制度，在创作中，与相关人士联系，或核实信息，或征求意见，以求无懈可击。

　　"履痕录"记录书缘与情缘。我曾经戏言，如今想来，我的前世一定亏欠书的太多，以至于要用今生所有的时间来偿还，买书、卖书，读书、写书，编书、出书……《淘书是一种补课》等五篇，采撷其间因缘，与读友分享。

　　"人物志"刻画师长与挚友。七人里，有三位已经远行，且訾向彤、李义还是同龄人。梁文道在悼念罗志华时写道："过了两天，和朋友谈起你的事，我认真地对他说：'无事常相见。'原来我们这么快就走到这个年纪了。"是啊，原来我们这么快就走到这个年纪了。

　　　　　　　　　　　　　　　　　　　写心

"书影说"漫谈图书与电影。阅读是一种对话，无论面对的是纸质的书籍还是流动的影像，读到最后，我们看到的都是自己的体验与气质。书与影也许本身是没有太多倾向性的，我们读出了什么，只是因为我们心里有。而这，恰恰是阅读的迷人之处。

编选此书的过程，也是对笔耕经历的梳理。回望走过的路，不胜感慨。二十多年来，报刊编辑接力，维护了我内心的激情。按结缘先后列举于此，并致谢意：《中原建设报》的李文江，《大河报》的赵立功，《河南日报》的梅蕙兰，《小小说选刊》的程习武，《百花园》的王彦艳、田双伶，《广州文艺》的周彦文，《北方文学》的白荔荔，《当代人》的孙建新，《散文选刊》的李海波，《天涯》的王雁翎、林森、李宁，《读库》的张立宪，《北京文学》的师力斌，《中学生阅读》的李建新，《美文》的庞洁，《郑州日报》的陈泽来，《藏书报》的张维祥，《大观》的张晓林、陈珂、周婷……正如梯子上的横档不是用来休息的，而是为了在一只脚迈向更高一档时，另一只脚可以有所支撑——我不会就此停驻。

此前，我已出过四本书，其中第一本是河南文艺出版社2007年出版的《书生活》。这本新书由河南文艺出版社推出，对我来说，可谓再续前缘。谢谢李勇军编辑团队的辛苦付出。

一部书稿变成一本书，从此就有了自己的生命，关于它的故事才刚刚开始。

"你的眼睛 / 解救了书页的囚徒 / 白色解救了白色 / 黑解

救了黑。"

谢谢每一位善待它的朋友。

2020年2月1日

图书在版编目（CIP）数据

写心/马国兴著. —郑州:河南文艺出版社,2020.5
(2021.1 重印)

（文鼎中原）

ISBN 978-7-5559-0975-0

Ⅰ.①写… Ⅱ.①马… Ⅲ.①散文集-中国-当代
Ⅳ.①I267

中国版本图书馆 CIP 数据核字（2020）第 048970 号

策　　划　李　勇
责任编辑　张馨月
书籍设计　胡晓宁
责任校对　丁　香
丛书统筹　李勇军

出版发行　河南文艺出版社
本社地址　郑州市郑东新区祥盛街 27 号 C 座 5 楼
邮政编码　450018
承印单位　河南新华印刷集团有限公司
经销单位　新华书店
纸张规格　890 毫米×1240 毫米　1/32
印　　张　9.75
字　　数　208 000
版　　次　2020 年 5 月第 1 版
印　　次　2021 年 1 月第 2 次印刷
定　　价　35.00 元